中公文庫

ほのぼの路線バスの旅

田中小実昌

中央公論新社

目次

ほのぼの路線バスの旅

バスが大好き

十年越しの東京湾ぐるり旅

近所のバス停からバスにのった。練馬の早宮に引越してきたので、はじめてのバスだ。ぼくはバスが大好きで、東京都内のバスはみんななんどものっている。だから、はじめてのバスはコドモみたいにうれしい。

西武池袋線の桜台駅でバスをおりる。国際興業バス１６０円。ちかくにバスの車庫があり、そこから新宿行のバスがでてるというので、あるきだす。この夏ではいちばん暑い日だったのかもしれない。半ズボンをはいてるが、暑さにあえいだ。

ところが、このバスの車庫が練馬車庫だった。新宿西口―練馬車庫のバスなら、よく知っている。でも、新宿とは逆の練馬車庫のほうからこのバスにのるのも、やはりはじめてか。

ＪＲ目白駅前からは、ほんとにもうおなじみの路線だった。学習院、日本女子大学のレンガ塀の前をバスはしりだすと、同行（パートナー）のＮさんが、「このバスならよく見たわ」

と言った。Nさんは日本女子大学を卒業している。独協の高校。ぼくの父のすぐ下の叔父は、独協中学から一高理乙と、ずっとドイツ語をやってきて、東大医学部ではじめて入学試験があったとき、ドイツ語一科目だけだったそうだが、これに落第したという。

牛込柳町はニホンでいちばん公害ガスのひどいところと言われたことがある。ここでバスが右にまがり、まっすぐ新宿にいきゃあいいのに（そんなバスもある）わざわざ市ケ谷まででて、新宿のほうにひきかえすみたいなのが気にくわない。このあたりはクルマも混む。「本陣」という大ラブホテルがあったが、消えてしまったのか。都バス160円。

新宿駅西口から京王バスで渋谷駅へ。160円。途中、十二社をとおる。ここに池があったのをおぼえてる人もすくなくなった。まっ黒なアメ玉みたいに黒い湯の十二社温泉。渋谷のN・H・Kのよこあたりに、ヤクザの親分の葬式の車みたいに、清掃車がずらずらーっとならんでた。渋谷は若い子がおおい。

渋谷の東急線から井の頭線にぬける二階から大井町行のバスにのる。こんなところにバス乗場があるのは、あまり知られていない。東急バス160円。

このバスは大橋、中目黒をとおり、JR山手線の上をわたって、大崎駅のよこをいく。まっ黒によごれたどぶ川。こんな川にも海の潮がはいってきて、いつか船がはしってるのを見た。

大井町駅から蒲田駅行の東急バス160円。大森駅近くの住宅地がなつかしい。戦後、大学にいきだしたころ、このあたりにすんでいた。大森山王といえば大高級住宅地で、田園調布なんて田舎の新開地だった。山王、田園調布、成城と北へ向かって、高級住宅地が北上していったのがおかしい。

大森駅から坂をくだったところのちいさなガードのむこうには、飲屋がいっぱいあった。いまでも、「綱手」という飲屋にはでかけていく。

大森郵便局、大田区役所、税務署とバスはすすみ、池上本門寺前をとおり、池上駅前までいった。そして、矢口東、蓮沼から蒲田へ。たいへんな大まわりだ。だからバスは時間がかかる。矢口には、多摩川の渡し船があった。東はフーテンの寅さんで有名な江戸川の矢切の渡し、西は多摩川の矢口の渡し。

蒲田で六百円のシャケ弁当を買った。買ったあとで、となりの弁当屋を見たら、シャケ弁当が五五〇円。こちらのほうがほかのオカズもおおい。たった五十円の差だが、くやしくってしようがない。

練馬に引越すまえ、東玉川にすんでたときは、池上線の雪が谷大塚から蒲田にでて、弁当を買い、カマタ宝塚なんて映画館にいったり、羽田空港にもいった。東玉川はいいところだった。ぼくは練馬に引越す気はなかったが、女房がかってにきめて、かってに引越してしまった。

蒲田駅前から荻中経由羽田空港行の京浜急行バスにのる。料金160円。これと大鳥居経由の空港行バスには、なんどのっただろう。

シャケ弁当を買ってバスのなかでたべることにしたのは、時間がないからだった。この日は、練馬のうちの近くからバスにのり、バスをのりついで三浦半島をくだり、久里浜あたりでフェリーにのり、東京湾のむこうの房総半島にわたるつもりだった。ところが、練馬車庫から新宿西口までだけでも一時間以上かかり、大井町―蒲田は電車ならたった二つの駅なのに、うんと大まわりをし、まだ東京から脱出できないでいる。ぼくはともかく若い女性のNさんはバスのなかで弁当をたべるなど、生れてはじめてのことだろう。シャケ弁当のシャケが意外に厚く、感心した。となりの弁当屋より五十円高いシャケ弁当を買い、しまった、とおもったが、シャケの厚みがちがうのだろう。なかには、シャケの絵を切りぬいてはりつけたみたいにうすいシャケの身のシャケ弁当もある。

羽田空港からは横浜行の京浜急行バスにのった。料金は400円。空港バスというのは、あまりおもしろくない。たとえば、京都から伊丹の大阪空港、そして神戸三宮というバスはカンタンだけど、それをさけると、京都から大阪にいくバスに苦労し、大阪―神戸というのも、尼崎―神戸三宮の阪神バスはあるが、大阪からは宝塚行のバスにのって、のりかえたりしなくちゃいけない。京都からは、わざわざ奈良にいき、そして大阪にでた。

東玉川のうちの近くのバス停から丸子橋に東急バスでいき、多摩川にかかった丸子橋はあるいてわたり、新丸子から武蔵小杉へ川崎市営バスにのり、ここから道中坂下というところに北上し、また南下して綱島温泉へ、そして横浜駅にバスでいったことがあった。

そのほか、横浜へバスでいくのには二子玉川園から新横浜をへて、横浜駅西口行の、かなり長距離のバスがあるが、途中、第三京浜をとおる。このバスにものった。

羽田空港は多摩川の河口にある。このあたりの風景は広々としてるが、なにか淋しい。海老取川の釣舟。よどんでにごった海の水。

横浜駅からは磯子行の市営バスにのった。160円。桜木町駅をすぎると弁天橋。

ぼくが横浜の港で貨物検数員（カーゴ・チェッカー）をしてたころは、このあたりにも、たくさん水上生活者の舟があった。

神奈川県庁、山下橋あたりで、コンクリートにかこまれた港のきれっぱしが見え、船がはしっていた。本牧では雑草がいっぱいはえた空地がバスの右側につづき、米軍施設の跡だということだった。埃っぽい濃いみどりだ。このバスには冷房がなく、うだってしまった。

磯子からは京浜急行バスにのり追浜でおりた。途中、杉田、金沢八景、バス料金が１８０円というのは安い。

追浜から田浦をとおり、横須賀駅へ。距離はうんとみじかいのにバス料金２４０円。トンネルがおおく、軍港町だった横須賀をおもいだす。

ＪＲ横須賀駅の前で、はじめて、ちゃんとした海を見た。白いきれいな海上自衛隊の儀礼艦。米軍のＮＡＶＹ基地。右手に、いまはめっきりさびれた米兵相手のどぶ板バー街。ものが言えない娼婦たちもいたなあ、観音崎行の京浜急行バス３１０円。

横須賀中央駅。海に近いおんな屋の町安浦も、しずかで好きだった。三色すみれのように三色のパンティをかさねてはいて、そのパンティを三枚いっしょに脱ぐと、それに自分で噛みついた女がいた。あれは、ふしぎなできごとだった。

防衛大学の校門の前でふりむくと、バスのうしろに赤い大きな夕陽がしずみかけていた。海、海、バスが海岸にでた。海を見ると、さけびだしたくなる。

走水（はしりみず）はちいさな漁港だ。昭和二十一年七月、ぼくは上海から氷川丸（ひかわまる）で久里浜に復員し、走水のもとの海軍病院の分院にうつされた。マラリアの発作がつづき、栄養失調もひどかった。だが、むりにたのんで退院した。傷痍軍人として国費で入院治療できるのに、退院すれば傷痍軍人の資格がなくなる、とここの病院の医者にとめられたが、ともかく、ぼくはうちにかえりたかった。氷川丸は戦争で沈没しなかった、たった一隻の商船として、いま、横浜の山下埠頭に係留されている。このバスは、その近くをとおってきた。

ところが、だいぶあとになって、やはりバスで横須賀から走水にきたとき、浜に立って沖を見ていた漁師のオジさんにそのことをはなしたら、「おれは土地の者だが、ここはずっと無医村で、そんな病院があったなんて、きいたことがない」と言われ、ぼくはキツネに化かされたような気がした。たしか、走水という地名だったのに……。

でも、やはり海軍病院の分院はあったとのことだった。もうあきらめていたが、またバスでやってきて、古いタバコ屋さんにおそわった。走水の集落からすこしはずれた小高いところにあったらしい。こんど、そのあたりをバスでとおると、岸壁にカッターが何隻もならんで吊りあげてあり、体格のいい若い男たちがあるいていた。防衛大学に附属した海上訓練の学生たちのようだった。

走水で日がおち、終点の観音崎についたときは、うすぐらくなりかかっていた。かなり心ぼそい気持ちだったが、浦賀行のやはり京浜急行のバスがすぐあった。ただし、オシッコにいく時間がない。バス料金は150円。このバスが、そのまま久里浜行のバスになった。

久里浜のフェリー乗場にいそぐ。「もう船はないよ」と客待ちのタクシーの運転手が言う。白い大きなフェリーの船体が、まだ目の前にいるけど、桟橋をはなれていた。これが最終便だそうだ。

フェリー乗場であちこちの旅館に電話してくれたが、みんなダメ。やっと、ある旅館にたどりついた。せまいのに、ほそ長い部屋にフトンが二組しいてある。「あ、わたしはべつの部屋に……」Nさんが顔を赤らめもせず、ごくふつうに旅館の女中さんに言う。あたりまえのことだけどさ。

女中さんがNさんのフトンをもっていく。うすっぺらなフトンなので掛け布団に敷布団を片手でつかんで、ぶらさげてる。

風呂には湯がはいってなかった。バスをのりついでの長い暑い一日のあとにお風呂がないとはなさけない。でも、からの浴槽にはだかではいっても、しようがない。

いそいで旅館から出かけるとき、玄関にこんな貼紙がしてあった。「旅館のサンダルをはいて職場にいかないでください」なんのことか、わかる？　ここに泊る客のなかには、旅館のサンダルをはいて仕事にいく人がいるのだ。長く滞在してる客で、どんな旅館か見当がつくだろう。

京浜急行久里浜駅の近くの大きな酒場「一升屋」で飲む。ビールの大ジョッキがぐーんとつめたくておいしい。源氏焼酎の酎ハイ。Nさんはナスのオイル焼きに、帆立、マグロ、ハマチの三点盛り、千五百円。ぼくは串カツをたのんだが、三本も皿に入っていて一本しかたべれなかった。ジャガバターも、大きなジャガイモが二コ、ごろんと皿にのっかっている。

すこしあるくと、飲屋やバーやスナックがたくさんならんでいた。とぎれとぎれにカラオケの音がきこえるが、それでいて、なにかひっそりさみしい。「おその」という店にはいる。ほかの客はいない。店の女性の名前はサッちゃん。

Nさんとつづけざまにカラオケをうたう。二十八曲もうたったそうだ。大きなグラスの酎サワーを四杯は飲んだ。塩辛にトマト。旅館では、門限は十一時、とくりかえし言われたが、一時すぎまで飲んでうたってた。

夜ふけて、Nさんはヤキソバ、ぼくはコロッケをたのんだが、これも三コのうち半分しかたべられなかった。サッちゃんが表情たっぷりに高峰三枝子の「湖畔の宿」をうたう。いつ、どこで、サッちゃんはこんな古い歌をおぼえたのだろう。

旅館にかえったら、がっちり戸じまりがしてあった。ベルをおしたり、表の戸をたたいたり、長いあいだ悪戦苦闘した。

金谷へわたるフェリーくりはま丸は一八〇〇トンとか。青函連絡船のほかは、こんな大きなフェリーにはのったことがない。

千葉県の鋸山は、久里浜のほうからでもよく見える。海のむこうの山というより、すぐ裏山のような気がする。ノコギリみたいなかたちだけでなく、ノコギリの刃のように山がうすい。こんな山はハワイのオアフ島にもあるが、ほかではめずらしい。

この日はお天気がよすぎて、きらきら雲母をまきちらしたような靄がかかり、鋸山はよく見えなかった。フェリー料金四八〇円。

金谷港から上総湊(かずさみなと)まで日東バス３９０円。海水浴場の看板があちこちにたっている。うちの娘がちいさいころ、やはりこのフェリーにのり、海水浴にきた。おだやかな景色の海に、バスの窓のはるか下方に漁港が見える。じつは、内房はここあたりまでしか海岸線はなく、北のほうはずっと埋立てになってしまった。

上総湊駅で富津公園行のバスを一時間以上まったが、退屈はしなかった。ちいさな駅の待合室に期末試験がえりだという高校生がいっぱいいて、それを見てるだけでおもしろい。ずいぶんでっかい図体の男の子に、なんぶんの一かぐらいのからだつきの女の子。それでいて、ちいさな女の子のほうがおベンキョーはずっとよくできて、でかい男の子が教室ではウンウン頭をかかえていたり……。

富津銀行前で日東バスをのりかえる。510円。木更津駅西口へ。このあたりはもう埋立てで、大工場。バスがはしる道ばたにピンクと白の夾竹桃。バス料金は490円。

木更津駅西口から姉ヶ崎ターミナル行の小湊バスにのり椎津宮下でおりる。520円。椎津神社の林、火見櫓、蝉しぐれ。

千葉中央駅までの小湊鉄道バスは640円。千葉駅のあたりは通りが広く、イチョウと夾竹桃の並木が交互にならんで、文化都市という感じ。昔の札幌駅前にも似てるかな。

千葉中央から津田沼行の京成バスは540円。このあたりバス代が高いよ。津田沼駅に近くなると、習志野警察署など、習志野の名前がおおい。まえは騎兵連隊があったところか。人はあまり住んでなくて、野っ原ばかりでからっ風が強そうだった。いまでは、津田沼は交通の中心、駅前なんかは人どおりがおおい。

じつは、信じられないだろうが、電車では一時間もかからないこの津田沼から東京に、バスでかえりつくまでに、足かけ三日かかった。これまでも、ぼくは東京から江戸川をこえて市川まではバスでなんどもきたが、ここでぷっつん、千葉のほうにはいけなかった。くるしまぎれに、バスで北にのぼって松戸にいったりしたけど、むなしくひきかえしてきた。

さて、津田沼から船橋へ、京成バス270円。枝豆の畑、里イモの畑があるが、だいたい住宅地。くちなしの花、芙蓉も咲いている。落花生の看板を見かけるのも千葉らしい。大神宮の長い生垣。

船橋から西船橋へ、下はなんの線路かバスが陸橋をわたるあたり、道ばたに赤いカンナの花、きいろいカンナの花。バス料金150円。

西船橋駅前からバスにのり、中山競馬場の前をとおり、北方十字路でおりてあるきだしたが、あきらめた。市川方面にいく、べつのバスにのりつぐつもりだったのが、計算ちがいだったのだ。電車ならば、それこそ、あっという間に市川にいく。わざわざべつの路線のバスにのりかえ、そのあいだはあるいて、なんてバカらしいことをやる者はいないので、実際にやってみると、うまくいかない。それに、この日はタモリのラジオ番組にでることになっていて、時間がなかった。

じつは、さいしょは津田沼で日がくれて、電車で練馬のうちにかえり、この日は出なおして、二日目だった。

三日目、西船橋から、西船循環のバスにのり、北方十字路を左にまがり、深町坂上をとおり、深町通りでおり、あるいた。

神明社というちいさな神社がある。せまい路地で、ネコに三匹もあった。みんなトラ猫だ。商店街にでて、左にまがり、京成電鉄のフミキリをこし、鬼越駅前のバス停にいく。ここは市川からの東菅野五丁目循環のバス停だ。バスは八幡(やわた)をとおる。スズカケの並木。こうしてバスにのってしまえばたいしたことはないが、市川―船橋というバスには、ぼくは十年も前からトライし、いままで一度も成功したことがなかった。どちらの循環バスも150円。

市川駅前から上野広小路行の京成バスにのる。あー、やれやれとため息がでる。京成バスで160円ってのも安い。

江戸川をこすと東京都だ。東京湾をぐるっとまわる、このバスの旅にでて四日目のたそがれがやってくる。

蔵前橋通り、柴又新道。右のほう奥戸街道にはいる。しんなか川、奥戸橋、安心しうとうと眠った。向島五丁目あたりの「じょーじ亭」世界のビール三五〇円、だそうだ。

言問橋を左にまがって、吾妻橋へ。橋のたもとの、東京でもいちばん古いというビヤホール。人がならんで列をつくっている。

隅田川をわたって浅草雷門。ずいぶんたくさんの人があるいてる。ところが、昔はにぎやかだった六区にいくと、人どおりもなく、さみしいものだ。国際通りでバスをおり、親友のイマさんの店「かいば屋」で酎ハイをぎゅーとやろうか。がまんして上野までいくか。Nさんとはこのバスで別れた。

東海道中バス栗毛

酒匂　小田原遠からず

あるひとが入院している、と友人からの手紙に書いてあったので、見舞いにいくことにした。

このひとには、ぼくはたいへんお世話になった。しかし、お世話になったと言うのも恥ずかしい。それほど、ぼくは世話のし甲斐のない、かって気ままな男で、親切にお世話をしてもらいながら、いつも、それから逃げだすようなぐあいだった。

そのひとは、もうかなりの老人で、病状もよくないというから、見舞いにいこう、とうちをでたのだが、あるきだしてから、そのひとがどこに入院してるかわからないのに気がついた。

友人の手紙にも、からだがわるくて入院しているとだけ書いてあって、どんな病気でどこに入院してるとは書いてなかった。この友人も、ぼくほどではなくても、お世話になりっぱなしになってるくちだろう。

また、そのひとが引越したさきにも、なんどか、ぼくはたずねていったが、大森のどこかだけど、町名も番地もわからないのでは、さがしだすことはできまい。電話番号も、十年ぐらい前の手帳に書いておいたかもしれないが、そんな手帳などはない。ともかく、そのひとが入院してる病院もわからないのに、ほんじゃ、見舞いにいこう、とうちをでたのはバカなはなしだけど、足は、うちにひきかえしたりはせず、まだ見舞いにいくようなつもりなのか、ぶらぶらあるいていて、すると、バス停のところで、バスがきたので、バスにのった。

このバスは渋谷から大森にいく東急バスで、途中、目蒲線（めかません）の奥沢駅のよこの踏切をこし、池上線の雪が谷大塚駅のそばにでる。ぼくがバスにのったのは、もう雪が谷大塚に近い調布学園グランド前というバス停だ。おかしいのは、渋谷（奥沢）のほうからきたときも、渋谷のほうにいくときも、そのひとつてまえの東玉川交番前のバス停で乗り降りする。ぼくが住んでる町は東玉川だ。

バスは雪が谷大塚で中原街道にはいる。そして、田園調布の六間道路のところで、左にまがる。そこで、ぼくはバスをおりた。中原街道をあるいて、丸子橋のほうに広い坂をくだっていく。

戦後しばらくのあいだは、多摩川の丸子橋のあたりでも泳いでいた。渡し船もあった。丸子橋を渡ったが、クルマがひっきりなしにやってきて、こわい。丸子橋をあるいてとおってるのは、ぼくひとりだけで、ほかにはだーれもいないというのは、どういうことか。

丸子橋を渡って、ちょっとあるくと、左手にニュー新丸子劇場というヌード劇場がある。ここは、ぼくのうちからはいちばん近いヌード劇場で、前は、ここにのっていたストリッパーから、「今、新丸子にいるのよ」とよく電話がかかってきた。そして、出かけていくと、自分は飲まないストリッパーが、ぼくのために、ウイスキーやジンを買って待っていた。大昔のストリッパーはべつだが、ストリッパーは、意外に、みんな酒は飲まない。

新丸子の映画館「モンブラン」は、自由ケ丘劇場（自由ケ丘オデオン劇場という名前のこともあったんじゃないかな）もそうだが、ぼくがいちばんよくいった映画館だろう。どちらも、自転車でいくのだが、丸子橋にくだる広い坂を、スピードをあげてやってきて、橋のてまえの多摩川の土手ぞいの交差点で、信号が赤なのに、自転車のブレーキがきかず、死ぬおもいをしたこともあった。

新丸子の「モンブラン」は、いい洋画を選んでの三本立で、淀川長治さんを囲む映画の会などもやっていた。しかし、今では、自由ヶ丘劇場もそうだが、ポルノ映画館になってしまった。

東横線新丸子駅のむこう側から、十八分まって、武蔵小杉行の川崎市営バスにのった。

ところが、つぎのバス停が、南武線の武蔵小杉駅前で、あるいても、せいぜい十分ぐらいの距離だった。バス料金110円。

武蔵小杉駅前で、とまっていたバスの運転手（正式には運転士と言うらしい）に、横浜のほうにいくバスはないかときいたら、そんなバスはないとのことだった。しかし、そのバスは横浜市の港北区のはしが終点だそうで、とにかく、そのバスにのった。

じつは、どうせヒマだし（小説は書けないし）、バスで、大げさに言えば、東海道を西のほうに、いけるだけ、いってみようとおもったのだ。それも、東名高速道路をはしる長距離バスなんかにはのらないで……。

ところが、そうおもいたったとたん、こんなふうに、もう挫折してしまった。しかし、バスをのりついで、遠いところに、なんておセンチなねらいは、うまくいかないことを、ぼくはよく知っている。

ぼくのうちの近くから、バスをのりついで、千葉へ、そして、できれば、もっとむこうの県まで……とやってみたことがあるが、千葉にはいったところの市川まではいけたが、ここから、千葉方面にはバスはなかった。電車があるんだもの。しかたなく、ぼくは市川から柏に北上し、柏からバスで東京にかえってきて、三ノ輪（みのわ）の「中里」で煮込みで酎ハイを飲んだ。

武蔵小杉駅前からのった東急バス（均一料金110円）の終点は第三京浜に近い、道中坂下というところだった。川崎市も広いが、川崎市をはしるバスは、あんまりおもしろくない。川崎は、どうも景色がよくない。（道中坂下は横浜市港北区東山田町）

バスをのりついで、東海道を西へ、ということは、ぼくもあきらめた。ただ、横浜にまでだけいくのなら、二子玉川園から、途中、第三京浜をとおって横浜駅西口行のバスがあり、このバスには、ぼくも横浜から二子玉川園までのったことがある。それに、田園調布から蒲田、蒲田駅前から羽田空港、羽田空港から高速道路をとおって横浜とバスをのりついでもいけるが、これも、つまりは、ただ横浜にいくためだけみたいで、おもしろくない。

ま、そんなわけで、無理をすることはない、とぼくはあきらめたのだが、この道中坂下のバス停に立ってると、綱島行の東急バスがきた。均一料金110円。綱島温泉の東京園（ヘルスセンターみたいなところ）で、旅まわりの剣劇の芝居を、なんどか見にいったことがあった。こういう芝居は、もうはなしの筋はおわったあとの、つまりは大団円を、えんえんとやってると言うより、大団円だけの芝居がおおいのに、おどろいたのをおぼえている。しかし、温泉にはいった記憶はない。

新宿であった女と、横浜の南京町（今では中華街とよんでいる）で飲み、山下公園に記念のため係留されている氷川丸（ひかわまる）を、「おれ、あの船で、上海から復員してきたんだよ」とゆびさし、桜木町から東横線にのって、渋谷にいき、新宿にもどってきたことがあった。

そのとき、この女が、「わざわざ、新宿から横浜にいったのに、また新宿にもどってくるなんて、バカみたい。東横線の途中の綱島あたりで泊ればよかったわね」と言った。

ぼくは綱島温泉の東京園で剣劇の芝居は見たことはあるが、お湯にはいった記憶もないぐらいで、綱島温泉で泊ったことなどは、もちろんない。しかし、あとで、この女に綱島温泉にいかないかとさそったら、なにをとつぜん言いだすのか、という顔をされた。前のことは、まるっきり忘れていて、ぼくと寝ることなど、考えただけで、ふきだしてしまう、と女は言った。

武蔵小杉から道中坂下、道中坂下から綱島というコースは、三角形ＡＢＣの底辺Ｂ

Cをまっすぐにいけばいいのに、Bから頂点Aにいって、AからCにくだってくるといったぐあいで、まったくのまわり道だ。東海道を西へ、なんて大げさで、むりなことを考えたんだから、そういうまわり道はしかたがないし、また、それがおもしろいとも言えるが、やはりバカバカしい。

また、川崎は郊外のほうも、どうも景色がよくないなどと、ぼくは言ったけど、道中坂下から東横線綱島駅というコースも、けっして景色はよくない。ぼくは、むりしてバスにのるのが、ほんとにバカらしくなった。

ただし、このバスがはしる道は、あちこちまがりこんでいて、そのことはわるくなかった。川崎の通りのわる口を言ったが、通りがわりと広くて、まっすぐで、その両側に、なにかがさつな建物がたっているのが、おもしろくない。

しかし、東京の通りだって、だいたいまっすぐで、クルマが混んでいて、通りの両側に見るものはなく、こんなのは、おもしろくないうちにもはいらない。

道中坂下—綱島のバスがゴミゴミした道にはいり、なにかがにおってきた。見おぼえがあるような気がすると言えば、ウソになる。見おぼえがあるものなどはない。だが、なにかがにおう。

ずっと前に、きたことがある道ではないのか。東横線の綱島駅のほうから、その道をきたのだが、駅からかなりあるいて、うんざりした。舗装してない道で、だが、しっとりした感じの土の道といったふうではなく、白っちゃけ、乾いた、かたい土の道だった。石っころも、ごろごろころがっていたりして、あるきにくい道で、それがおもったより遠いので、ぼくはうんざりしたのだ。真夏の暑い日盛りのときだったかもしれない。

この道は、なにかの街道だったのだろうか。街道だったにしても、中原街道からはいったちいさな街道だ。しかし、街道なら、どこにぬける街道か？

ぼくがたずねていったのは、この道に面したマカロニをつくってるところだった。マカロニ工場とは言えない。地方の、それこそ昔は街道だったような道の古い家なみに、製麺所と古ぼけた看板をだした店があったりするが、そんなものだ。

木造の日本家屋で、間口（まぐち）もせいぜい二間ぐらい、入口の三和土（たたき）が道よりもひくい。石っころがおおく、埃（ほこり）っぽい道の土埃が、そのまま、三和土にはいってきそうだった。その三和土に、乾物屋の店さきみたいな台をおいて、マカロニをいれた木の箱がならんでいた。

ぼくがあいにいったのは、そこではたらいてるひとで、ぼくより四歳上の海軍兵学校をでたひとだった。

このひとは、終戦のときは、潜水艦の艦長で大尉(だいい)で、ポツダム少佐になった。潜水艦乗りは、スマートさ……もともとは、頭がきれる、りこうということだが、そんな意味もふくめて……をバカにしたようなところがあり、このひとも図体(ずうたい)が大きく、無骨(ぶこつ)で、人なつっこかった。

ぼくは、このひとと、そんなにしたしかったわけではない。ぼくがまだ大学に籍があったころ、友人につれられて、このひとの家にいき……その友人の父親も、潜水艦乗りで、終戦のときは、海軍大佐だった……このひとの母親や妹となかよくなった。だが、このひとは、どこか地方の町ではたらいていて、家にはいなかった。

このひとの妹は頭のいい、歌がじょうずなお嬢さんで、アメリカ人の貿易商(バイヤー)の秘書などをしていた。妹は東京育ちで、ほんとに育ちのいい東京のお嬢さんといったふうだったが、兄のこのひとは、なにか土くさく、事実、地方の訛(なま)りがあった。

このひとの父親は画家だが、田舎(いなか)の村長さんみたいなひとで、仙台の近くの旧家の主人(あるじ)だった。そして終戦後は、ひとりで田舎にすみ、その旧家の本家をまもっていたらしい。

このひとに地方の訛りがあったのは、男の子は田舎で素朴にのんびり育ったほうがいい、という父親の考えで、田舎の家にいたのか。

このひとは、埃っぽい道のマカロニ製麺所で、なにをやってたのだろう？　中野の通信隊跡の（ここに、れいの中野学校もあったらしい）いかにも元兵舎といった建物に、このひとをたずねていったこともある。ここは、なにかの協会みたいなところで、月給は安い、ということだった。

戦争に敗け、このひとは、いろんな職についた。みんな給料は安かっただろう。真面目な、ねばり強いひとなのに、あれこれ職を変えなければいけないことになったのは、つらかったにちがいない。

ぼくの歳ぐらいまでは、海軍兵学校や陸軍士官学校など軍関係の学校にいった者も、旧制高校や、大学の試験を受けなおして、はいってる者がいる。そのなかで、大学の医学部にいき、医者になった者がおおいのは、おもしろい。

しかし、ぼくより四歳上のこのひとたちのクラスは、戦後、大学にいった者などは、ほとんどいない。もう、受験勉強をやりなおすような頭でもないし、そんな気もなくなっていたのだろう。戦死した者のほうがおおいような歳ごろだ。

このひとと、たぶん海軍兵学校で同期だった、やはり潜水艦乗りを、ぼくは知っている。この男も、終戦のときは潜水艦の艦長で海軍大尉、ポツダム少佐になった。

この男の奥さんに、ご主人はお酒を飲んだりしたら、海軍のことや、潜水艦のことをよくはなすんじゃないのか、と言ったら、そんなはなしは、まるっきりしない、とこたえ、ぼくはおどろいた。

ところが、この男のうちにいくと、はなすことは、海軍のこと、潜水艦のことばかりなのだ。この男は潜水艦のことしかはなさないのに、奥さんは、この男は、潜水艦のことなど、ぜんぜんはなさないと言う。

ぼくは、そのことにゾッとしたのだが、この男と奥さんは、けっして、仲のわるい夫婦ではない。この男は、網島のマカロニ製麺所ではたらいてたひとみたいに、大きな図体ではなく、むしろ小柄なひきしまったからだつきだが、やはり真面目で、ある会社をまかされていて、部下の面倒をよく見るということだった。

この男には趣味といったものはなく、ただ酒好きで、それも、外では飲まず、うちで二、三本の晩酌をたのしんでいた。そして、飲めば、海軍のはなしをし、しかし、奥さんの耳には、それが、まるっきりはいらず、それでも、この夫婦は仲がいい。仲がわるいのなら、夫の海軍のはなしが、むかいあった奥さんにはきこえなくても、ふしぎではないかもしれないが、けっこう仲がよさそうに見える夫婦だから、夫婦というものはおそろしい。

バスが終点の綱島駅東口につくと、ちいさなバスターミナルに、横浜駅西口行という標柱があった。

もうあきらめていた東海道を西へ……が、とつぜん、道がひらけてきた感じで、ぼくはよろこんだが、まるっきり、よろこんだわけではない。

バスの標識を、そんなには、ぼくは信用してないからだ。××行という標識はあっても、朝と夕方のラッシュ時しかうごいていないバスもある。また、標識はあっても、ぜんぜん、バスがこないこともある。そんなところに、どうしてバスの標識が立ってるのかは、わからない。

去年の夏は、ギリシャのアテネに一ヵ月ばかりいて、毎日（それもなん回も）バスにのったが、遠くに山が見える、だーれもいない野っ原のなかの道で、バスを待ってたりするときは、心ぼそかった。根もとに小石をつみかさねて、やっと立ってるような、古ぼけたバスの標識は、まことにたよりなかったからだ。

しかし、やがて、横浜西口行のバスがやってきて、ぼくはほっとした。横浜市営バスだ。均一料金１１０円。

このバスはいいバスだった。道中坂下から綱島駅にくるあいだはダメな景色だったが、その反対側には、みどりのしたたるような峡谷みたいなのがあって、びっくりしたことがある。

このバスは、そんなところはとおらなかったけど、高いところにあがると、なんともすがすがしかった。みどりがしたたる峡谷とか、とくべつな景色があるわけではない。丘があって、空があって、また丘があって、といったおだやかなながめだが、コロコロがバスの窓からただよいでて、あかるく、あけっぴろげな陽のなかに、とけこんでいくみたいだ。

また、このバスは、東横線にそってはしってるのではなく、丘から丘をこえて、つまりは海の方にむかってるのだろう。

バスをのりついで、東海道を西へ、なんて、バカげた、むりしたことだが、おかげで、こんないいバスにのることができた。

浦島台から坂をくだって、新子安にでる。子安はもとはシャコの漁港だった。そして、シャコの殻(から)が、運河のようにはいりこんだ舟泊りのふちに、長く、うずたかくつんであった。ぼくは広島県の呉のそだちで、カキ殻の山などは見たことがある。また、青森県の陸奥湾(むつわん)あたりでは、海ばたに、帆立貝の殻が、花びらをかさねるようにして、数珠(じゅず)つなぎになりつんである。つい最近、白い貝殻をいっぱいはめこんだ垣根を見たのは、どこだったか。奄美大島の名瀬から、バスで今里にいったときか。

ともかく、貝殻の山はめずらしくないが、シャコの殻が二階家の高さぐらいにつんであるのを見るのは、この子安の舟泊りだけで、ぼくはここにくるたびに、へえ、とおもったものだ。

バスは浦島台の坂をおり、広い通りにはいって、右にまがったが、この通りは第一京浜なのだろう。第一京浜など、つまらない通りだとおもっていたが、いい気分は、まだつづいている。

子安、東神奈川……ここの駅から、まっすぐの道をあるいて、ぼくは、米軍専用の北波止場(ノース・ピア)にかよったことがある。そして、東神奈川駅前のきたないマーケットで、焼酎を飲んだ。朝までの深夜勤のときも、仕事をサボり、北波止場(ノース・ピア)からぬけだして、かなりの距離もある、まっくらな道をあるき、ここに飲みにきた。

東神奈川駅前マーケットの、ぼくがいつも飲んでた飲屋には、おかみさんの親戚の子だという姉弟(きょうだい)がいた。姉は中学の三年ぐらいの歳(とし)ごろだが、学校にはいっておらず、弟は小学校の四、五年だった。

この姉弟は、ぼくたちが飲んでるところの天井(てんじょう)の裏に寝泊りしていた。天井に四角い引戸がきってあって、ハシゴをかけて、のぼりおりしていたのだ。弟はかわいげのない男の子だったが、酔っぱらいがからかうと……しょっちゅう、そんなことをされてれば、かわいげもなくなるだろう……姉がむきになって、弟をかばった。それが、おもしろくて、酔っぱらいは、また、弟をからかうのだ。

まだ口紅などもつけたことのないこの姉が、口紅をつけてた夜があり、口紅が赤いのはあたりまえだが、いやに赤っぽく見えたが、奥の部屋に入って、しばらくしてでてきたそのコの口紅が、めちゃくちゃになって、口のまわりまで赤く汚れており、そのコは目に涙をいっぱいためていた。

そして、奥の部屋から黒人の兵隊がでてきて、靴をはいた。若い、ひとがよさそうに見える黒人兵で、背中をまるめて、靴をはいてる姿が、今でも、いやにはっきり、目にうかぶ。

いや、ぼくは、この姉弟のかなしいはなしをするつもりはない。あのとき、姉の女のコの口紅がめちゃくちゃになっていた、とぼくは言ったが、めちゃくちゃでは、どうもいけない。英語だと、smear という言葉があって、塗ってあるものを、なにかでこすって、ぐちゃぐちゃに汚すときなどにつかい、こういう場合にも、だいたいぴったりなのだが……。

横浜駅西口のバスターミナルには、たくさんの路線バスがあり、人々が列をつくってならんでいたが、どれも横浜市内のどこかにいくようだった。

横浜駅東口の、歩道橋をわたったむこうにも、バスターミナルがあって、そこから、バスにのったことがある。しかし、そこは、わりと閑散としていて、こちら側のようにバスもおおくないし、人かげもまばらだ。ただし、これはラッシュ時ではない昼間のことだが……。そこからバスにのったときも、バスの行先の文字を見ても、どこにいくのかわからないバスだった。いや、そちらのバスターミナルにいってみようかとおもったが、めんどくさいので、やめた。

やめて、ひきかえしてきたら、バスの行先の表示板があった。それに、第三バス乗場から、戸塚行というのがのっていた。第三乗場は、駅前のデパートをぐるっとまわった、むこうのほうにあるらしい。

デパートの角をまがり、デパートの建物のはしまできたが、バス乗場がありそうなけはいはない。それで、交差点のところにいき、赤信号で待っている若い男に、電信電話局はどこか、とぼくはたずねた。若い男は、すこし考えるようにして、知らない、とこたえた。なんだかすまなそうに、わらっていた。第三バス乗場は電信電話局の前、と表示板にかいてあったのだ。

信号は青にかわり、肉付きのいいその若い男はあるきだし、ぼくも、おなじほうに交差点をわたり、ちょっといくと、第三バス乗場は見つかった。工事中の板囲い（金属の板かな？）の前で、電信電話局は建てかえの工事をやってたのかもしれない。

戸塚行のバスは、だいぶたって、やってきた。神奈川中央交通のオレンジ色のバスだった。オレンジ色と言っても、海に沈みかかった太陽の色にも似たトロピカル（熱帯）オレンジの色ではなく、ま、ミカン色だ。均一料金１１０円。

このバス通りは、たぶん、チンチン電車がはしってた道だろう。チンチン電車に似合いそうな八百屋や雑貨屋などが見える。

バスは保土ケ谷駅のよこをとおったが、古くて、ちっこい駅の建物だった。蒸気機関車の煙で煤(すす)けてるみたいな、古い木造の駅をおもわせる。古びた駅舎だが、ここは、裏口のほうなのかもしれない。

保土ケ谷駅をすぎたあたりから、道にそって、左てに川が流れていた。川の水はにごって汚れてるが、東京では、下町のほうの掘割りや、ぼくのうちの近くの川なんかも、みんななくなってしまった。だから、川があるだけで、うれしい。

保土ヶ谷駅でおりて、友人の家にいったことがあった。その友人の家は、門をはいると、庭の木という感じではない、たくさんの大きな木が枝をひろげ、ふかいかげをつくっていて、川がながれ、橋がかかっていた。この川がその川かもしれない。そして、橋をわたり、木立のなかの七曲りの道をあがっていくと、家があった。そんな家だから、お金持にはちがいないが、いかめしくかまえた邸宅といったぐあいではなく、なにかざっくばらんにあかるかった。

ぼくたちは、広い座敷で、レコードをかけ、友人の妹なんかとダンスをしたりした。(ぼくはダンスはできないが) 兵隊からかえり、大学に復学したばかりのときだ。

東神奈川駅前のマーケットの飲屋の姉弟や、保土ヶ谷のこの友人の家でのことでも、ただ、おもいだしてるというのではない気がする。今でもそこに生きてるようなと言っても、やはりウソで、生きてるなんて大げさな言葉もつかえないが、過去のこと、ときりはなすことはできず、みんないっしょくたになったところに、ぼくはいるみたいだ。

イソップ動物診療所というのが、バスの窓から見えた。しずかな切り通しをとおり、もっと大きな川があって、バスは橋をわたると、左にまがって、川ぞいの道をはしり、右にはいると、終点の戸塚駅前だった。

　戸塚駅からあるいて五分とおそわったバスターミナルには、藤沢行バスの標識が立っていた。バスをのりついで、東海道を西へなんて、ぼくは冗談のつもりだったのだが、ともかく、藤沢まではいけそうだ。

　しかし、まだ、ぼくはこのバスの標識をうたがっていた。この冗談をおもいついたとたん、ぼくは、武蔵小杉で、もうあきらめた。そんなにうまくいくはずがないという気持がする。

　それで、藤沢にいくバスは、ここにくるんですか、とバスターミナルにいた中年の奥さんにたずねた。すると、その奥さんは、ぼくの手をひくようにして、ここに立ってるんですよ、と、藤沢行と地面に黒い大きな文字でかいてあるところに、ぼくをつれていった。クリーム・パフェみたいな、甘い、いいにおいがする奥さんだった。

　東京では、東横線に服装のいい女性を見かけるが、鎌倉・藤沢間の江ノ島電鉄にも、上品そうな女性がよくのっている。この奥さんも、そういった湘南のいい家の奥さんなんだろう。

　甘いにおいと言えば、ふつう、十代の若い女のコのにおいみたいだが、中年の上品な女性も、甘いにおいがする。若い女のコの甘いにおいは、果物の皮をむいたときのような、放射性のある甘いにおいだが、中年の女性の甘いにおいは、きれいな銀紙につつまれたボンボンかマロン・グラッセのような、いわば凝縮した甘いにおいだ。きょう、うちをでたときは、午前十時前だった。今は、午後一時半か二時ちかくになっている。(時計をもってくればよかった)

なにか食べたいが、甘い、いいにおいのする奥さんに、ここに立ってるんですよ、と手をひっぱられるようにして、藤沢行のバスがでるところにつれてこられたんでは、ここをうごくわけにはいかない。戸塚から藤沢までのバス料金は140円。

藤沢のさいか屋デパートのよこが、バスの終点だった。藤沢の、ごみごみした路地のちいさなめし屋で、前に、安い定食をたべたことがあるが、その路地が見つからない。もしかしたら、そのあたりが、新築のこのさいか屋デパートになったのではないか。

デパートの裏のむかいに、ラーメン屋があったが、敬遠した。なん日か前、音羽から早稲田にバスできて、早稲田車庫前の中華料理屋で、いくらかおごって、ふつうのラーメンでなく、天津麵というのを食べたら、てんでうまくなかった。早稲田のカタキを藤沢で、ってわけだ。

さいか屋デパートの裏をまわり、表のほうにきたが、ぼくが好きな（というより、食べなれてる）めし屋みたいなのはない。

それで、さいか屋デパートの地下の食品売場におりていったが、オニギリなどを売ってるところはあっても、弁当はなかった。しかたがないので、地下食品売場の入口の近くで、シューマイ弁当を買う。

これも、わりと最近のことだが、新横浜駅で、ホームの弁当売場にいくと、シューマイ弁当しかなかったので、買わずに、新幹線にのった。

ところが、食事時間がはずれていたためか、新幹線の車内販売にも、幕内弁当などはなく、これまた、しかたがないので、サンドイッチを買って、食べた。そして、サンドイッチを食べるくらいなら、新横浜でシューマイ弁当を買ってくればよかった、と大いに悔（くや）んだ。だから、さいか屋デパートの地下食品売場では、シューマイ弁当（五百円）を買ったのだ。新横浜のカタキを藤沢で、というわけだ。

シューマイ弁当をもち、エレベーターでさいか屋デパートの屋上にあがり、屋上にあるステージにむかってならんだ椅子のはしに腰かけて、だれもいないステージを見ながら……見たくて見てるわけではないが……弁当をたべる。シューマイ弁当を、ぼくがきらいなのは、べつに、シューマイがきらいなわけではない。（好きでもない）

シューマイ弁当には、かならず、トリの唐揚げがはいってるからだ。ブロイラーのトリは魚くさい。エサに魚粉でもはいってるのだろう。北海弁当の鮭が魚くさいのは、かまわない。しかし、トリが魚くさいのはこまる。それに、かつて、フライド・チキンと言えば、べつに魚くさくもなく、ごちそうだったことが頭にのこってるので、なおいけない。

デパートの屋上は、風が吹いていて、寒かった。そして、この屋上にも水飲場がない。これは、売場のジュースの売上げなどをかんがえてのインボーだろうか。デパートの屋上で、水飲場があったのは、浅草の松屋デパートだけだった。

ぼくは、あちこちのデパートの地下食品売場で弁当を買い、屋上で、寒い風に吹かれ、水飲場がないことに腹をたてながら、弁当をたべた。しかし、でも、なぜ、そんなことをするのか？　デパートの屋上のすぐ下、最上階には、たいてい、食堂もあるのに……。

さいか屋デパートの屋上でシューマイ弁当をたべ、おりてくると、バス乗場から辻堂行のバスがでるところだったので、とびのった。そして、大もうけをしたような気持になった。

辻堂は茅ヶ崎よりも、むこうだとおもってたからだ。ところが、わりとかんたんに、バスは辻堂に着き（料金１４０円）たぶん駅の裏手になる閑散としたバス乗場には、黒いカバンをもった高校生の男の子がひとりだけ立っていて、茅ヶ崎のほうが、辻堂よりもっとさきだと言う。

そして、茅ヶ崎行のバスの標識はあったのだが、発車時刻表の数字は、朝のラッシュ・アワーしかなく、その数字も黒豆でもばらまいたみたいに、なんだか落書っぽい。また、バス標識の金属板の錆びかたもうさんくさいし、おまけに、このバス標識はバス乗場のはしのほうに、継子みたいに立っていて、標識の根もとに、ぺんぺん草まではえている。

それでも、ぼくが、そのバス標識のところに立ってると、高校生の男の子が、「そのバスはきませんよ」とおしえてくれた。

だから、ぼくはその高校生のところにもどり、ちょっとおしゃべりをしたのだが、「茅ヶ崎から西のほうも、バスはないんじゃないかなあ」と高校生の男の子は言った。メガネをかけて、秀才みたいな顔をしている。この湘南には、進学率のいい名門高校がいくつかあるが、そんな高校にいってる男の子なのだろう。こういう男の子の言うことが、いちばん信用がおける。もっとも信用がおけないのは、オバさんたちだ。しかし、これは、オバさんたちに道をきいたりするほうが、どうかしている。

だが、この高校生の男の子が信用できるとすると、バスをのりついで、東海道を西へ……も、茅ヶ崎からさきはあきらめなければいけない。それでも、茅ヶ崎までいければ、ま、うまくいったほうだろう。

さて、茅ヶ崎にはどういくかだが、藤沢から茅ヶ崎行のバスはあった。ここで、茅ヶ崎行のこないバスを待ってるよりも、藤沢にひきかえしたほうが、はるかにぶなんだ。しかし、ぼくが藤沢からのってきたバスは、さっき、いってしまった。

だから、東海道線の電車で藤沢にもどったほうが、これも、ぶなんだろう。いや、逆に、東海道線の電車で茅ヶ崎にいっちまおうか。藤沢から茅ヶ崎にはバスがいっている。それは確実だから、そのバスにのったことにして、東海道線の電車で茅ヶ崎に……わざわざ、藤沢までひきかえすことはあるまい……。

だが、ひとにインチキをするのはかまわないが、自分にインチキをしたってしようがない……なんて、これもカッコよすぎる。いや、冗談（しゃれ）ではじめたことを、途中でインチキをしては、たのしみがうすれる。ぼくは辻堂駅から藤沢へ、東海道線上りの電車でひきかえした。料金は百二十円。

藤沢のおなじバスターミナルから茅ヶ崎行のバスにのる。料金は１９０円。終点の茅ヶ崎駅前には平塚行のバスがあった。メガネをかけた秀才そうな高校生の男の子でも、まちがうことがあるらしい。

ついでだが、イタリアの独裁者ムッソリーニがつくったという、壮大なミラノの中央駅の案内掛は、なにかきくと、かならず、まちがったことをおしえる、それは、もう世界的に有名よ、とミラノに長いあいだ住んでいる彫刻家の豊福知徳さんの奥さんがおしえてくれたが、ぼくがミラノ駅の案内掛にきいたときも、ちゃんとウソをおしえた。

ニューヨークの、マジソン・スクエア・ガーデンの地下にあるペン駅（ペンシルヴァニア・ステーション）の案内掛も、まちがったことをおしえてくれ、おかげで、ぼくは、Long Beach にいくのが、ニホン語で書けば、おなじロングビーチだが、Wrong Beach（ちがうビーチ）にいってしまった。

バスが茅ヶ崎の町を出はずれると、大きな川があって、橋をわたった。馬入川（ばにゅうがわ）だ。相模（さがみ）川は、このあたりでは馬入川と言うらしい。橋も馬入橋。鉄道唱歌にも、〽支線をあとに立ちかへり　わたる相模の馬入川……という歌詞がある。支線とは横須賀線だろう。

馬入橋をわたってから、バスをおり、馬入川の河口まであるいていったことがあった。ぼくは、川の河口をたずねてあるいていくのが好きだが、たいてい、河口ははるかに遠く、このときも、いささかくたびれた。

しかし、馬入川の河口近くには、ちいさいが、いい港があって、はるばるあるいてきた甲斐があった。それに、その港のすぐ裏からバスがでてるのもわかった。ふつう、河口は、バスなんかがくるどころか、ほんとに、なんにもないところがおおい。

平塚駅の東口のほうのヌード劇場に、ぼくは、十日ばかりでていたことがある。「性医学アルバム」というあやしげなもので、ぼくの相手は、まだ十九歳のピンク映画の女のコだった。だが、この女のコは、平塚にくる前の浜松のヌード劇場で、ヤクザの男ができて、舞台の上でも、ぼくにさわられるのをいやがった。

ニンゲンも動物だからなあ、惚れた女や男がいるときは、ほかの者とはやる気がしなくなるもんだよ、と、いつか、川上宗薫さんが言った。好きでもない相手でも、がまんして、さわらせてる、やらせるというのは、理性のはたらきだろう。しかし、ニンゲンも動物だから、そうはいかない。ふつう、動物的などと言うと、相手の見さかいがないみたいだが、逆に、ニンゲンも動物だから、理性だと、さわらせなきゃいけない、相手を迎えいれなければいけないとおもいながら、それができない……ともかく、ぼくは、川上宗薫さんが、ニンゲンも動物だからなあ……と言ったのが、おかしかった。

平塚のヌード劇場にでてるときに、九州からきた一座の連中がいた。前は、ストリップは、浅草や新宿フランス座などの専属のストリッパーがいる小屋は例外だが、たいてい、なん人かの一座でまわっていた。それが、乳房だけでなく、下のほうも見せる、いわゆる特出がはじまってから、ひとりであるくストリッパーがふえてきた。特出という言葉も、下のほうも見せるストリッパーは、一座には属さない特別出演のストリッパーがおおかったので、特別出演をちぢめて特出、それをトクダシと読んだのだろう。

いや、そのころも、もう、なん人かでつくってる一座は、すくなくなっていたが、あるとき、この連中の楽屋が、いやにどたどた音がするので、のぞいてみると（入口の戸はなかったんじゃないかな）、一座のなかでも、いちばん歳がすくない女のコを、ほかの女たちが手や足をおさえつけ、パンティを剝ぎとろうとし、そのコがあばれて、抵抗していた。

一座の大夫元というより、ボス然とした男は、銀ラメや金ラメの腹巻きに色物のパッチみたいな恰好の、ヌード劇場の楽屋でよく見かける男たちの服装ではなく、ブルーのシャツに、ストライプがはいったズボンなんかをはいていて、衣裳カバンに腰をおろし、女たちが、その若いコのパンティを脱がそうとしてるのを見ていた。

女のコは、ほかのものは、みんな脱がされたのか、パンティだけで、まだ女の肉(み)のついてない、ほそい、薄いからだつきだった。

ぼくが、となりのこの楽屋をのぞいてみたのは、どたどた、大きな音はするのに、声がきこえず、おかしいな、とおもったからだが、女たちはおしだまって、若い女のコのパンティを剝ぎとろうとし、女のコも、それに抵抗しながら、声はださない。

この女のコは、みんなが踊ってるうしろで、真似をして、手や足をあげたりしてるだけで、踊りといったものではなく、新入りなのだろう。それを、踊れないまま、特(トク)出(ダシ)につかおうというのか、客の前でやるトクダシの練習(?)に、楽屋で、一座(ショウ)のほかの女たちが、パンティを剝ぎとろうとしてたのだ。

ぼくがのぞいたので、そのコをおさえつけた女たちは、ぼくのほうを見たが、ふざけてるような顔ではなく、動物めいた目つきだった。

この一座(ショウ)のストリッパーたちは、みんなずんぐり背がひくく、パンティを脱がされそうになってるわかい女のコが、からだには肉(み)がついてないが、背はひょろっと、ほかの女よりは高いくらいだ。

その女たちも、ほとんど裸に近いようなカッコで、三、四人かたまって、女のコをおさえつけており、それが、いっせいに、ぼくをふりかえったわけで、動物めいた目つきと言っても、ぎらぎら凶暴なけものめいた目つきなんてのではなく、無表情に近い動物の目だが、無表情なだけに、カンケイないやつは、あっちにいけといった目でもあった。

ぼくがおどろいたのは、ほかの女たちに手足や腰をおさえつけられ、パンティを剝がされそうになってる女のコも、ぼくのほうを見たが、これは、自分はこんなめにあってる、助けて、とぼくに訴えかけるような目つきどころか、はっきり憎しみをあらわして、ぼくをにらみつけており、いくらかショックだった。

茅ケ崎から平塚までのバス代は１９０円ぐらいだったとおもったが、忘れた。

平塚駅前からは、国府津行のバスがあった。運転席のよこの、いちばん前の席にのる。テキヤの口上ではないが、だんだんよくなる法華の太鼓ってところだ。

平塚の町をでて、花水川をわたると大磯町だ。町役場のてまえあたりから、バス通りの家なみのあいだごしに、ところどころ、海が見える。波のうねりも見える。

大磯の海ぎわには、大きなお邸があるようだ。高い松並木は、旧東海道か。東海道五十三次の絵なんかにある松よりも、うんとノッポで大木だ。統監道というのがあったが、どんないいわれがあるのか。二宮で、「つぎは、しおみ橋」というバスのアナウンスがあったので、汐見橋みたいな字かとおもったら、塩海橋。平塚から国府津のバス料金は280円。ここまでは、みんな神奈川中央交通のバスだ。

国府津駅前で、はしって、小田原行の箱根登山鉄道のバスにのった。雨も降ってきた。日も暮れかかっている。

ぼんやりした墨色の風物のなかをバスはすすんでいくが、その前方右てに、ほそ長く、煙がよこにたなびいているようなものが見えて、そこだけが墨色でなく、うすい琥珀色だ。あわい光をはなつ煙みたいなものがあるのだろうか。

雨に曇るバスの窓ガラスを手でこすって、のぞきあげるみたいにすると、よこにたなびく、うすい琥珀色の帯状のものは、どうも、空のようだった。その空の上にひろがる墨色のもやもやは雨雲だろう。そして、よこにほそながい琥珀色の空の下は、うちつらなる山の尾根か。しかし、山のかたちは見えない。

ほそながい空のきれっぱしの琥珀色にあかみがさしてきた。そのむこうに沈む夕陽が、雨雲と濡れた山の尾根のあいだから、灰にうずもった燠熾みたいに、光はうしなっても、うすあかい色をにじませているのか。

河口に近い橋をわたる。酒匂川（さかわ）だ。河口の川水のなかに、波のうねりが、よこに一列になって、波頭をまきこむようにし、おしよせてきている。小田原。バス料金２６０円。

バスの前方右ての、墨色の空のなかの琥珀色のうすあかるい帯は、どうも、箱根八里の山なみのようだ。また、鉄道唱歌だが、〽国府津（こふづ）おるれば馬車ありて　酒匂（さかは）小田原とほからず　箱根八里の山道も　あれ見よ雲の間より……という歌詞がある。

行こか戻ろか　箱根のお山

ともかく、バスで小田原まできた。東名高速道路をはしるような長距離バスではない。ぼくのうちをでてから、十回以上はバスをのりかえるだろう。

ぼくの家は東京都世田谷区東玉川にある。世田谷区といっても南のはしで、大田区の田園調布のなかに、なさけないおチンチンのさきみたいにはいりこんでいる。

たいへんお世話になった人が入院してるときいて、ぼくは見舞いにいくつもりで、家をでた。

ところが、どこの病院なのかわからないのに気がついた。バカなはなしだ。しかし、あるいてると、バスがきたので、バスにのった。ぼくは、バス停のところをあるいていて、バスがくると、すぐ、そのバスにのってしまう。女性はデパートなどで衝動買いみたいなことをするそうだが、ぼくはバスの衝動乗りだ、とある女のコからわる口を言われた。

このときも、ま、そんなぐあいだが、まるっきりのバスの衝動乗りでもなかった。ぼくがたいへんお世話になった人の家は大森にある。このバスは大森行だった。ふつう、あるいていてバスがきて、衝動乗りでバスにのるときは、バスの行先なんかはわかりゃしない。しかし、このバスは、ぼくの家の近くをはしってるバスだ。行先は知っている。

しかし、バスにのってから気がついた。ぼくは、しょっちゅう、気がついてるみたいだ。さいしょから、当然わかってなきゃいけないことに、あとになって、アホみたいに気がつくのだろう。

ぼくがお世話になった人の家は大森で、前に二、三度、自転車でいったことがあるが、もう二十年以上も前のことで、大森のどのあたりかもわからない。町名も番地も知らない。

これでは、大森行のバスにのっていてもかまわないが、終点の大森駅前でバスをおりたって、その人の家にいき、どこの病院に入院してるかたずねることはできない。

ま、そんなことで、ぼくは途中でこのバスをおり、十回以上、バスにのりかえて、小田原まできた。よく、これたとおもう。

それはともかく、一カ月ほど前、ぼくがたいへんお世話になった人の奥さんが、ぼくの家にたずねてきた。その人、奥さんのご主人はなくなったのだ。しかし、ぼくはお葬式にも、そのあとの記念集会にもいかなかった。

その人のうちは、ニホンでもいちばんさいしょのほうのプロテスタントの家系で、七十三歳ぐらいでなくなったその人が三代目か四代目だった。

カトリックには、いわゆる隠れキリシタンの長い家系がある。だが、プロテスタントの家系といったことについて書いたものは、ぼくはまだ見たことはない。

この人は、ものしずかな、おとなしい、たいへんにきちんとした人だったが、かなり頑固（がんこ）なところもあったのではないかとおもう。なにしろ、ヤソはひどいめにあってきている。東京にいるヤソでも偉い人ならともかく、この人のうちは田舎にあり、迫害という言葉はいやだからつかわないが、いろんないじわる、差別をうけたにちがいない。

じつは、東京などではなく、田舎で、古いプロテスタントの家系というのがおもしろい。

たいへんお世話になったこの人が病院に入院してるときにも、ぼくは見舞いもせず、お葬式にも記念集会にもいかなかったのに、逆に、奥さんがお菓子などもって、ぼくの家をたずねてきてくださったのだから、まったくあいすまない。

奥さんは和服をしゃきんと着て、ぼくが子供のときとかわらない色白の瓜実顔(うりざねがお)だった。

奥さんのはなしによると、そのひとは大手の鉄鋼会社を停年でやめると同時に、大手鉄鋼、造船会社(その人の会社は造船もやっていた)六、七社が合同でつくった、鉄鉱石をはこぶ船を共同で建造し、プールするとかいった特殊な会社にうつり、もとの会社でも経理だったが、その会社でも経理を担当し、七十二歳まではたらいたという。

その会社は、ある目的のための特殊会社で、その目的が達成されたので、会社は解散することになり、その人は、その会社をつくるのにくわわり、その会社のおわりもきちんと整理して、やめたときが七十二歳だったということらしい。そのすぐあと、入院し、一年ぐらいでなくなったのではないか。

「あのひとらしく、死ぬときまで、なにもかも、きちん、きちんとやり、整理していきました」

と奥さんは言った。

小田原まで、路線バスをのりついで、なんとかやってきたんだから、ついでに、そのさきまでいけないものか。小田原駅から熱海行のバスがでてるから、まず、これにのろう。

さて、小田原の飲食街だが、これが、みょうなところにある。こんなみょうなところにある飲食街はニホンじゅうでもめずらしいのではないか。

だいいち、小田原駅からは遠い。ふつうは、その町の繁華街のアーケードがある通りなどからはいったところとか、その裏通りあたりに飲屋やバーがあるのだが、小田原の飲屋街は、そういった繁華街からも遠い。

小田原駅前からの大通りをきて、このあたりが繁華街のようなのだが、食堂や大きな料理店などはあっても、その附近に、当然あるはずの飲屋やバーは、ぜんぜん見あたらず、飲屋に縁のありそうなオジさんに（昔は、こういうオジさんは、鼻のさきが、たいてい赤くなっていた）、飲屋やバーのあるところはどこか、ときくと、やはり、このオジさんは飲屋になじみのひとだったようで、身をいれて、おしえてくれたが、おそわったほうにいくらあるいても、道はだんだんくらくなるばかり。なんども、ひきかえそうと考え、また、だれかに、飲屋街のことを、ききなおしたいのだが、人かげはない。そのうち、大きな通りにでたのだが、トラックなどははしっていても、飲屋なんぞはにおいもしない。でも、この通りには、布団屋などもあって、もう店にはだれもいないところにはいっていき、飲屋街のことをきくのは、ふつうならできないことだけど、ぼくはせっぱつまった気持で、「ごめんなさーい、すみませーん！」と大声で布団屋のひとをよびだしてたずねると、その大きな通りをこして、もっとさきにいったところだという。

　小田原のこの飲屋街は、わるくない飲屋街だった。実際は舗装してあったかもしれないが、土の道みたいな路地もある。

　ぼくは、この飲屋街をぐるぐるまわり（ほそながい一本道とか二本道とかでなく、この飲屋街は矩形（ブロック）になっていた）、いつものとおり、夕食はしないで飲むんだから、なにかすこし食べるもののもあって、常連しかこないような飲屋をさがし、そんな飲屋もあったのだけど、ぼくはある飲屋を見て、おや、という気持になり、そこにはいった。

　ぼくの感じは当っていたようで、この飲屋というかお茶漬屋は、常連ばかりだが、それが、みんな女なのだ。それも、たいてい、酒なんかは飲まず、なにかたべて、でていく。なにかたべても、店のテレビを見ている女もいる。

しかし、ひとりだけ、カウンターの奥で（といっても、ちいさな店だから、五、六人でカウンターはいっぱいになる）ぼくがはいっていったときから、日本酒を手酌で飲んでる女がいて、ほかの女の客が二、三人連れでやってきたときなど、ぼくが席をうつり、二、三度、そんなことをやってるうちに、ぼくはカウンターの奥の女のとなりになった。

そして、どういうきっかけからか、いや、たぶん、きっかけなんかはなしに、女とぼくはなんとなく顔をあわせ、にいっ、とわらった。バカなうすわらいってやつだ。

女の歳は、二十八、九か。ぼくには女性の歳はわからない。この店のほかの女の客たちもそうだが、素人の女ではない。だったら、つまりは水商売の女かというと、わりといそいでなにか食べていった女たちのなかには、バーやキャバレーなどの女もいただろうが、この女はいわゆる水商売の女ではあるまい。

服装や化粧で、すぐ水商売の女だとわかるのもいるが、近頃では、そんな見わけのつかない女もいる。

この女もニットのジャケットにウールのスカートで、いくらか高いヒールのおしゃれなサンダルをはいていて、ごくふつうの服装だ。でも、ふつうの奥さんではあるまい。ふつうの奥さんではなくても、亭主はいるかもしれない。こういう女で男がいない、ってことはないとおもったほうがいい。

店を出たりはいったりしてた、ほかの女の客が、いつのまにかとだえて、カウンターの奥におしやられたカッコのぼくとこの女だけになっており、それでも、ふたりで奥にくっついてならんでいて、そのことに、おたがいひょいと気がついて、女とぼくは顔を見あわせ、にいっ、とわらったのかもしれない。

ほかの客はなく、カウンターもすいてるんだし、ぼくはひとつ席をずらそうかとおもったが、そのとき、お銚子をもった女の手がのびて、ぼくの盃に酒をついでくれた。こちらも、女の盃に酒をついでやる。

この飲屋かお茶漬屋のまだ若い主人も女房もカウンターのなかから、でていった。常連ばかりがくる飲屋などでは、主人やおかみさんは、たとえ客のおしゃべりにはくわわらなくても、カウンターからでていったりはしない。しかし、この店の客も常連ばかりのようだけど、主人も女房も、なじみの客を相手に、といった態度を、意識してとらないでいるふうだ。それは、女客の性質によるのだろう。

女の飲みかたはゆっくりしている。あまりしゃべらず、ときどき、にいっ、とわらう。面長(おもなが)で、色は白いのだが、化粧もしていないのに、白いパウダーをはたいたような白さだ。ぼくは、女の顔の白さが生気がない、と言いたいのだろうか。この女は美人なのかもしれないが……目の前にいる女のことを、美人なのかもしれないがとは、いったいどういうことか。

もう夜もふけ、くらい道を女とならんであるいていて、旅館があったので、さそうと、女は、ただ、にいっ、とわらっただけで、いっしょに旅館にはいった。

れいの飲屋かお茶漬屋が、またすこし混んできて、こんどは、女に連れられた男の客もまじっていたが、ぼくが、「ここ、出ようか」と女に言うと、女は、にいっ、とわらい、ぼくは勘定をたのんだ。そのとき、女が「わたしの勘定も……」と立ちあがり、ぼくは、「いいよ」と女のぶんも払った。たいした金額ではない。いや、おもったより、ずっと安かった。

そして、女とほかの飲屋やスナックをまわったが、女のほうから、どこかの店にいこうということはなく、また、どこにいっても、女の知ってる顔はないようだった。あの飲屋かお茶漬屋も、女は常連などではなく、はじめてだったのかもしれない。

あの飲屋かお茶漬屋で、若い主人よりは、客に口をきく若い女房が、「お待ちあわせだったんですか」と言ったのを、おもいだしたのだ。そのときは、コトバというよりも、ただそういう音がぼくの耳にはいっただけで、ぼくは、店の若い女房が言ったことが、どういう意味かも考えなかった。

あの店には、ぼくははじめていった。あの女も、あの店でははじめての客で、それが、カウンターの奥で、ゆっくり手酌で酒を飲んでるので、いったい、どういう客だろう、と店の夫婦はおもってたのかもしれない。

あの店の夫婦が、客とのなじみを、意識してさけてるみたいなのは、じつは、よく客を見てるからだろう。ところが、そこに、これまたはじめての客のぼくがきて、今夜はへんな晩だ、いつもは常連ばかりなのに、はじめての客が二人もきた、とおもってたら、ぼくと女がいっしょに飲みだしたので、若い女房は「お待ちあわせだったんですか」と合点したのだろう。

考えてみると、ぼくは、こんなふうに、どこかの女と待ちあわせたわけでもないのに、「ああ、お待ちあわせだったんですか」と言われたことが、なんどかある。ぼくも、ちょろちょろ、なんかやってるわけだ。

ぼくがさそうと、女は、にいっ、とわらっただけで、旅館にはいったし、ぼくは金で男と寝る女かとおもったが、そうではなく、女は丈はあるが、ほそいからだを、いつまでも、ぼくにぴったりはりつけていた。

やせてる女のほうが、じつは肉がやわらかいが、この女の色白の肌は、正月の鏡餅を水につけて水餅にしたのを焼いたように、とろとろにやわらかく、ぼくのからだにはりつき、とろけこんできた。

小田原から熱海までのバス（680円）は、とってもいいバスだった。なにしろ、このバスは、海のそばをはしる。東海道線の列車や新幹線では、きれぎれにしか見れない海が、たっぷり、色あざやかに、バスの窓の下に見える。

ぼくは海を見ると、たとえ東京の晴海埠頭（はるみふとう）みたいな、つまらない、きたない海でも、海、海……と海とだきしめあっているような気持になる。

ところが、この海は、海ぜんたいがラムネの水みたいに、うすあおく透（す）きとおり、波が岩にあたってくだけると、ラムネの泡みたいなしろい泡がわきだし、それがおさまると、また陽をてりかえす、うすあおい海の水になる。

バスは海ぎわの、わりと高いところをはしる。もとは、ここは山道だったのだろう。松のみどりに海のあおさなんて月並な組みあわせにおもえるが、それはいわゆる観念的なことで、今、ここでは、松のみどりと海のあおさが、みずみずしく、ぼくの身にしみ、おどろきさえもある。

こんないいバスを、これまで知らず、今、こうしてのっているのは、うれしいことだ。このバスの窓から海が見えないときでも、海はすぐそばにあるんだし、海のおもいはつづいている。

熱海にはなんどかいっているが、熱海の海などとはくらべものにならない、崖と岩と松やほかの樹々と砂との海が、ここにはある。

熱海駅のよこのバス発着所はかなり広いがガランとしていた。ぼくは、熱海から三島にでようとおもっていた。そして、熱海駅前から三島行のバスも、たしか一日に二本ぐらいはあったのだが、ぼくが熱海についたのは、午後三時すぎで、もう三島行のバスはないという。

じつは、昨夜の女ときょうおそくまで寝ていて、いっしょに、小田原駅から列車で早川という港にもいったのだ。ここは、小ぢんまりした港だが、港らしい港で、子供や大人（おとな）たちがたくさん釣りをしていたが、大人が釣ってるのは五センチぐらいの稚鮎（ちあゆ）だった。稚鮎はとってはいけないはずだ。でも、どこだったか、琵琶湖に流れこむ川の河口に近いさみしいところの旅館でたべた稚鮎の唐揚げはうまかったなあ。季節もちょうどおなじころ、昨日まではかなり寒かったが、きょうは、急にあったかくなったという日で、湖西線の駅でおりたのだが、湖をこしてむこうに見える山々は、みんな頂上のほうが雪で白かった。あの琵琶湖畔でたべた稚鮎も、たべてはいけない稚鮎だったのだろうが……。

熱海から三島に直接いくバスはもうなくても、小田原にくるまでがそうなのだから、たとえ、かなりのまわり道でも、まず、どこかにバスでいって、そこからでるバスで、またどこかにいき、といったぐあいに、三島にたどりつけないものか、とバス発着場の人にきいてみたが、ぜんぜんダメだという。

ダメじゃ、しようがない。ぼくは新幹線で熱海から小田原にひきかえし、小田原駅前で箱根登山鉄道バスにのった。小田原から元箱根、そして三島というコースで、つまり箱根八里を馬ではなく、バスでこそうというわけだ。

東風祭（ひがしかざまつり）、風祭なんてところがあり、板橋あたりからは左てに川が見えた。海はうんとうれしいが、川もうれしい。

こうして、箱根をいくバスにのってから気がついたのだが、ぼくは、箱根には一度もきたことがない。東京に住んでる者で、箱根にいったことがない者なんて、ごくわずかではないか。ぼくは日光にも一度もいってない。

湯本温泉、箱根登山鉄道箱根湯本駅。塔ノ沢温泉。道は上り坂になり、山のけはいがしみこんでくる。山もいいなあ。蛇骨橋ってのをわたったら、蛇骨滝というのがあった。東京の浅草のおフロ屋さんの蛇骨湯にガラス湯……カンケイないか。

かなりのぼったところで、バスは、左のほうにまがり、急な坂ではないけど、長いまっすぐな坂をくだっていき、それから、また坂をあがったかな、とにかく、りっぱな駅の前につき、乗客はみんなおりた。駅には大きな字で強羅(ごうら)駅と書いてある。ぼくはバスの運転手にたずねた。

「ここが終点ですか？」

「そう、ここが終点」運転手はこたえた。

「このバス、元箱根にはいかないの？」

「あんた、元箱根にいきたいのかね」

「ええ」

「だったら、どうして、元箱根行のバスにのらない？」

「小田原駅の前のバス案内所で、元箱根行のバスは二番乗場からでるときいたんで……」

「二番乗場からは、ほかのバスもでる。あんた、バスの行先を見ないで、バスにのるのかね」

「ええ」

ぼくは、つい正直にこたえた。ほんと、くりかえすが、ぼくがバスにのるときは、たいてい衝動乗りだから、バスの行先など見たことはない。

運転手はあきれた表情で、ぼくの顔をみつめていたが、ゆっくり、噛んでふくめるように言った。（小田原―強羅520円）

「この強羅駅から箱根登山鉄道の電車にのり、（いくつめだったかなあ？）の小涌谷の駅でおり、駅をでたら、左のほうに坂をあがると、バスがはしってる通りがあり、その通りのむこう側のバス停……むこう側だよ、こちら側だと、逆に、小田原にもどっちまうからね、むこう側のバス停で待ってると」と運転手は腕時計を見て、「×時××分の元箱根行のバスがくるから、それにのりなさい」

この運転手さんは、ぼくを、なくなった画家の山下清さんとまちがえたのかもしれない。ぼくは、山下清さんによくまちがえられた。頭の禿げかげんや、歳恰好、お腹のでっぱりかたなども、よく似ていたからだ。しかし、年齢が近いこととか、顔つき、からだつきが山下清さんと似ていたことよりも、もっと、山下清さんには失礼だけど、ぼくは抜けかげんが似ているのではないか。そのほか、ぼくが、とつぜん、みょうなことを言いだしたりするので……。

強羅駅は箱根登山鉄道の終点のようだ。それと直角にケーブル・カーのレールが見える。ケーブル・カーのレールはかなり急な勾配で、まっすぐ山の上のほうにあがっていってる。高所恐怖症のぼくは、それを見てるだけでこわい。

駅のホームの椅子にすわってると、からだがぞくぞくしてきた。寒いのだ。小田原の街とはだいぶ気温の差があるのだろう。山などの高いところは寒い、ということに、あらためて気がつく。前にも言ったけど、ぼくは、しょっちゅう気がついてばかりいる。

あらためて気がつく……ってことは、前にも、そんなことがあったのか? あった、あった、神戸の六甲山だ。夏の暑い日で、もちろん夏のかるい服装で六甲山にいったら、はじめはそんなでもなかったが、寒さがだんだんからだにしみてきて、がちがち、歯が鳴りだした。

六甲山にいったときは、だれかといっしょだった。だれか……あの女だ。まちがいない。

しかし、あの女と六甲山にいったということは、その前の夜は神戸市内に泊ったのだろう。だが、どうして、あの女と神戸にいったのか。ぼくには、神戸でたずねていくような相手もところもない。また、神戸になにか用があったこともない。あの女だってそうだろう。だいいち、旅行なんかしない女だ。

ぼくでも、女とちょろちょろなにかやってるというのは、そこいらの飲屋で知らない女とあって、なかよくなるぐらいのことだ。

どこかの女と旅行にいったりすることはない。また、くりかえすが、あの女も旅行などしない女で、神戸とは、ぼく以上に縁のない女だ。それが、なぜ、あの女とぼくとが神戸にいったのか?

六甲山で、ぼくも女も寒さにふるえ、のぼってきた神戸市内とは裏側のほうに、かなり長い距離の空中ケーブルでおりていき、バスで有馬温泉にいった。

有馬温泉でもあの女と一泊してるはずだ。だが、これも、有馬温泉で女と一泊してるとはおもうが、具体的な記憶はなにひとつない。いやなことは忘れてしまうというが、その女とのあいだで、べつにいやなことはない。そのときの記憶でも、いやなことなどなかっただろう。逆に、いやなことでもあれば、おぼえたかもしれない。

有馬温泉には、男三人でいったことがある。そのときのことは、わりと記憶にのこっている。有馬温泉には赤湯というのがあった。赤茶っぽく濁ってる温泉なのだ。これを柄杓(ひしゃく)で飲むのだが、かなり気味がわるい。

家族風呂の底がガラスで、その下が水槽になっていて、赤い金魚がひらひら泳いでいた。家族風呂は男と女がはいるものだが、お尻の下を、ひらひら、くすぐるように金魚が泳いでいた家族風呂も、あの女と有馬温泉に泊ったときのことではなく、男三人の旅のときだった。

くりかえすが、どうして、あの女と神戸にいったのか、有馬温泉に泊ったのは、そのついでだろうか。さっぱりわからない。また、なぜ、具体的な記憶がぜんぜんないのか。ごくつまらないようなことだが、ぼくはふしぎでしようがない。ほんとに、これは、かなりふしぎなことかもしれない。

有馬温泉の、山の側面に段々に階をかさねた大きな旅館があり、その旅館の建物のすぐよこに、エレベーターがわりみたいにケーブル・カーがあった。このケーブル・カーが、鉄道法による鉄道のニホンでいちばんみじかい鉄道とのことだった。そんなことをきいたのも、あの女と有馬温泉に泊ったときではなく、男三人の旅だった。

強羅駅のホームで寒さにふるえてると、ケーブル・カーが山からおりてきた。ケーブル・カーも、ここが起点、終点だ。ケーブル・カーからおりたのは、ほとんど女子の学生みたいだった。

やがて、箱根登山鉄道の電車にのると、どこからかやってきた男子の学生もまじり、乗客のほとんどが学生で、中学生みたいなのもいるけど、背恰好なんか見ると、高校生がおおいようだ。

しかし、こんなところに、高校があるのだろうか？　ぼくがのっていたバスが、こちらのほうに長い坂をくだりだす前から、人家などはあまりない、それこそ、山のなかといった感じだったのに。

また、この電車は小田原のほうに下っていく電車だ。下のほうの町の学生が、山のなかの、ほんとになんにもないようなところの高校にいくなんて、まるで逆ではないか。

バスの運転手におそわったとおり、強羅駅からたぶん二つ目ぐらいの小涌谷の駅で、ぼくは電車をおり（料金八十円）、駅の前の坂をあがり、バスがとおる道をよこぎって、道のむこう側のバス停のところにいった。

中学か高校かわからないが、小柄な女子生徒がバス停に立っている。年齢がすくないので、からだもちいさいというより、この女子生徒はおチビなのだろう。学生カバンを両手でもって、からだの前、スカートの前にぶらさげている。

もちろん、ここも上り坂になっていて、下のほうに、しろい、ちいさな花をいっぱいさかせた大きな木が見えた。小田原から、こちらのほうにバスで山のなかをあがってくるとき、なんどか桜の花が咲いてるのを見た。東京や小田原の町よりも二十日はおそい、桜の咲きかただ。しかし、この木の花は桜ではない。

それで、ぼくは、あのしろい花が咲いてるのはなんの木か、とおチビの女子生徒にたずね、女子生徒はちいさな声でこたえたが、ききとれず、ぼくはおなじことをくりかえしたずね、おチビの女子生徒はなにか言ったけど、これも声がちいさくて、ぼくにはわからなかった。女子生徒は声がちいさいだけでなく、すっかり下をむいてしまっている。だから、ぼくも、それ以上はきかなかった。

さっきのバスもそうだったが、中年の女性の乗客には、かなり高級な服装の都会風な上品な女性がおおかった。東京のバスにのってる女たちよりも、もっと都会風で上品な女性だ。観光客ではない。今の季節は、箱根はまだ観光シーズン前らしい。そして、これらの女性は、これから、箱根のどこかにいくのではなく、箱根のどこかにかえっていくようだった。

バスの乗客は、だんだんすくなくなった。名前だけはきいていた仙石原(せんごくはら)をいくのには、空(す)いたバスが似合う。仙石原は、なんにもない、さみしいところだった。しかし、観光シーズンに、満員のバスで、ここをとおったら、おなじ仙石原が、またちがって見えるだろう。いや、ただの感じではなく、この宇宙で、なにひとつ、ずっとおなじものはあるまい。富士山でも、箱根でも、この仙石原でも、また東京都心の高層ビルでも、きれ目なく変っていっている。そして、富士山も高層ビルも、机の上の辞書も、宇宙の一部というより、それが宇宙なのだ。

あるものに、きまった名前をつけたり、それが、たとえ、机の上の辞書でも、きれめなく変っていったりはせず、おなじもので、変りもしないと考えるのは、そういう考えかただけのことで、そんなふうに考えるのが、短期的に便宜だからにすぎない。

机の上の辞書が、きれめなく変ってる、つまりはうごいてる、なんてバカらしい、とおもう人がほとんどだろう。辞書やライターが、だれかがうごかさないでも、それ自体がうごいてる、と言えばわらわれそうだが、ほんの五年もたったら、ぜんぜん使われなくても、辞書もライターも変化する。五十年もたてば、辞書やライターがのっている机だって、どうなってるかわからない。それどころか、机のある部屋、家ぜんたいが変ってしまったり、なくなったりしてるだろう。

ましして、宇宙の年数から見ると、東京都心の高層ビルも富士山も、むしろ目まぐるしく変化し、うごいているはずだ。今では、だれでも宇宙はたえまなくうごいている、とおもっている。宇宙がうごいているのに、辞書やライターがどうして、うごかないでいられようか。

高級そうな服装の上品な女性たちも、みんなバスからおりてしまった。バスのなかには、ほかには三人ぐらいの乗客しかいない。芦ノ湖が見える。芦ノ湖が近づく。芦ノ湖のそばにでた。

元箱根でバスをおりると寒かった（小涌谷―元箱根350円）杉の大木の並木がある。箱根神社という立札がたっていた。あたりには、だーれもいない。芦ノ湖にも、うごいてる船などはない。

そのあたりをぶらつき、芦ノ湖の水のほとりなどにもいってみたが、寒いので、湖畔のレストランにはいった。湖のすぐそばの席に腰をおろす。

芦ノ湖のむこうの山かげに、もう陽はかくれているが、山の峰々をとりまく空はオレンジ色にあかるい。赤い鳥居が湖のなかにたっている。芦ノ湖はしずかで、きれいな湖だった。

観光名物になってる湖は、なにか汚れた感じがある。夏の山中湖がそうだった。榛名湖もきたなかった。たぶんぼくは湖を海にたいして差別してるのだろう。

元箱根から三島にいくバスがでるまでには、まだ一時間はある。外にでれば寒いので、ぼくはレストランの窓ぎわの席で、陽がかげっていく芦ノ湖を、ぼんやりながめていた。

芦ノ湖をとりまく山の稜線をうきあがらせているオレンジ色の空が、だんだんあかるさをうしない、オレンジ色もうすれて、黄ばんだ、あわいミカン色にかわった。

その空のミカン色も色がぬけていき、でも、しろっぽくはならないで、うすいグレイがにじんでくる。

もう、湖のむこう岸の樹々は、枝や葉のかたちをうしない、ひとかたまりのシルエットになった。

しかし、湖のおもてもくらく、といったぐあいではない。と言って、あかるくもなく、山のなかの湖のしずかなしずんだ感じには、また似合った暮れかたかもしれない。

三島行のバスの時間が近くなったので、レストランをでて、バスの発着所にいった。湖のすぐそばの、かなり広いスペースのコンクリートの敷地だが、人かげも、ほかのバスもない。

ほんとに、三島行のバスはくるのだろうか、という気がする。湖にむかって、つまりはあけっぱなしになったコンクリートのスペースなので、湖からの風も吹きぬけで寒いだろうが、さいわい、風はない。くりかえすが、芦ノ湖のこのあたりは、山のあいだにしずみこんでる感じだ。

バスがきて、おばさんが一人おりた。運転手もおりて、どこかにいった。トイレにでもいったのだろう。バスにのって、待ってると、運転手がもどってきて、バスのよこでタバコを吸いだした。

バスはうごき出し箱根神社の参道の巨大な杉の並木が近くに見えた。かなり古い樹齢の杉なのだろう。

バス通りが上り坂になる。ふりかえり、ふりかえり、芦ノ湖を見る。山の上のほうにでると、時間はすすんでるのに、かえってあかるくなった。

箱根の山々のまんなかにしずんでる芦ノ湖は、夕暮がはやいのだろう。あかるくなったのは、目の下に風景が大きくひらけたせいもあるかもしれない。あるところをさかいに、こちらの景色と今までの景色とが、まるっきりかわることがある。

ホノルルがあるハワイのオアフ島でも、ワイキキからのったバスが、海のなかにつきでた奇怪なかたちの岩山のようなダイアモンドヘッドの裏をとおり、オアフ島の波おだやかな東沿岸の海のすぐそばの道をはしり、やがて、左にまがり、坂になり、それをどこまでものぼっていくと、もう山のなかで、そのまた真上にノコギリの刃みたいにするどくそびえている峰が見える。

この峰はノコギリの刃みたいにギザギザで、それに、やはりノコギリの刃のように峰の身がほそいのだ。その下のトンネルをぬけると、まったくべつな景色になる。

ギリシャのアテネの町の憲法広場（シンタグマ）から、大通りを南下するバスで海岸の埋立地あたりにきたとき、どうしてか、ぼくは、ひょいとバスをおりてしまった。だが、なんにもない埋立地なんかぶらついてもつまらない。建物のあるほうにあるいていったぼくは、きいろい車体のトロリー・カー（ニホンではトロリー・バスと言ったが、東京では、チンチン電車がなくなったあとのこのトロリー・バスもなくなった）を見つけ、おどろいた。

1番、2番、4番、12番とかの黄いろいトロリー・カーは、アテネの市内の中心部しかはしってなかったからだ。こんなところに、トロリー・カーが……しかも、番号も20番。

もちろん、ぼくは、すぐこのトロリー・カーにのったけど、ここが起点か終点かで、やがてトコトコうごきだしたら、坂をあがっていく。これが趣（おもむき）のある住宅街で、うれしくなってると、坂をあがったところの下には海が見えるではないか。

いや、小田原から熱海にいくバスにのったときも、バスの窓の下に海が見え、ギリシャのアテネでのこのことが、かさなっていたのだ。景色も記憶もかさなりあう。それも、生れない前の記憶や、見たこともない過去の景色、知らない国や未来の景色や記憶なども、いつもかさなりあっている。

アテネの20番のトロリー・カーからは、あとでわかったことだが、世界中の（たぶんお金持の）ヨットがあつまるという美しいヨットハーバーや、海辺にテラスをだしたシーフッドのレストラン、すこし沖合いにちいさな島にある海水浴場（ビーチ）が見おろせた。ところが、このバスが高いところからおりてきて、しばらくすると、人どおりのおおい、にぎやかな商店街や広場などのあるダウンタウン（繁華街）になり、そこをすぎると、また海辺にでて、大きな船がならんでいた。アテネのおとなりの港町ピレウスだったのだ。そして、20番のトロリー・カーの終点は、ピレウス市内のダウンタウンとはまたちがう感じの、人が混みあったピレウス駅前だった。

このとき、ぼくは、ピレウス駅の近くの、ちいさな汚い魚料理のレストランで、揚げたエビなどを買い、電車にのって、アテネの有名なアクロポリスの宮殿の丘の入口のすぐそばにあるモナストリキ駅でおりた。ぼくが泊っていた路地のホテルも、毎夜、ぼくが飲みはじめる青天井のテラス・コーナーも、この駅からあるいて五、六分だった。

北海道の知床半島のオホーツク海にのぞむ宇登呂からのったバスから見た海にそそりたつ断崖の景色はすごかった。宇登呂には、網走から斜里まではディーゼル車、そしてバスできたが、北海道にしかないような、はるかに一直線の道をはしったあと、バスは海の上の崖の道をすすみ、ひやあ、とおもったが、そんなものもくらべものにならない。

「北の果て」という名がある岩尾別温泉をすぎ、バスが門柵のある知床林道にはいると、高くきりたった断崖のはるか下で、うちよせる波がちりめん皺のようにちいさく見え、そのむこうは水平線までつづくオホーツク海だ。

終点でおりたのはぼくひとりで、しかし、その途中も、断崖の上をはしってるバスからおりる者などはなく、つまり、ずっとぼくひとりだったのだが、バスにのってるときは、ま、よかったけど、こわくって、どこも見れやしない。ぼくは、視線を足もとだけに固定して、バスがとまってるところのちいさな枯草のしげみにはいってすわりこみ、バスがひきかえすまでの四十分ばかりを、枯草のなかでうごかずにいた。

元箱根をバスがでてすこしいったところに、箱根関所跡と大きな字で書いた木柱があった。

それまでの景色とがらっとかわり、風景がひらけて見えたのは、箱根峠をこえたところだろう。それからは、大まかなカーブだが、くねくねまがった下り坂になった。このバスは元箱根からの最終バスだった。

昨夜、小田原の飲屋かお茶漬屋であった女はどうなったかって？　それが、あれからずっといっしょなのだ。もうくらくなった三島駅前でバスをおりると、女はれいの調子で、ものは言わず「これから、どこにいく？」という顔つきで、にいっ、とわらってる。

右手に富士　左手に海を

芦ノ湖からの箱根登山鉄道バスの最終バスを、終点の三島駅前でおりると、ぼくはぶらぶらあるきだした。三島駅をうしろに右てにいくつか飲屋が見える。だが、本格的な飲屋街のようではない。

それで、飲屋のことを知っていそうな人をつかまえて、まいど、バカみたいなことをたずねる。

「えーっと、飲屋がたくさんあるところはどこですか？」

ところが、こんなカンタンな質問が、なかなかうまくいかない。

「うーん、飲屋はあちこちにあるからねえ」

なんて返事は、まだいいほうだ。「飲屋？　飲屋って……」と、目をまるくし、絶句する人もめずらしくない。でも、そんな人は、飲屋のことをきかれたぐらいで、どうして、あんなにおどろくのか。

「どんな飲屋?」とききかえす人は、飲屋にもくわしく、親切なんだろう。それで「ちいさな飲屋で、いくらか酒のサカナもあって……」などと、こちらがこたえると「ちいさな飲屋……」とこれまた絶句してしまう。

三島で飲むのははじめてだ。三島は、おもったよりもにぎやかな町だった。映画館もある、にぎやかな繁華街の通りをあるいてくると、右てに、バーやスナックなどのネオンが見える通りがあった。そんな路地が二本はあっただろう。

その通りにはいり、しばらくいくと、よこにほそい路地があり、うすぐらい路地だが、飲屋らしい飲屋が、一軒ぽつんとといった感じであった。

だが、まだ偵察をしたほうがいい。路地をぬけ、右にまがり、バーやスナックのネオンがとぎれるところまでいくと、川があって、川のむこうに、古風なわりと大きな旅館が見えた。右ての通りには、まだ、バーやスナックがある。

ひきかえし、れいの路地の入口のむこうも偵察し、結局は、路地の飲屋らしい飲屋にはいった。

おもったとおりのような飲屋だ。中年の、ふとってはいないが、ふっくらした上品なママがいた。化粧もうすいか、ぜんぜんしてないかだろう。

まず、ビール。あとでお酒。前夜、小田原の飲屋であって、それから、ずっといっしょにいる女、明子のほうにビールのグラスをあげる。

「おめでとう」

べつに、なにもおめでたいことはない。おめでたいと言えば、ぼくという男がおめでたいぐらいだ。

明子も、ぼくとビールのグラスをあわせたが、おめでとう、とは言わなかった。だいたい、この女は、あんまり口はきかない。ただ、にいっ、とわらう。

だから、明子という名前だとわかったとき、ぼくは、脳ミソがからっぽの空家（あきや）の空（あき）子のほうが似合うとおもった。

だが、明子のにいっというわらいかたが、なんだか、だんだん、にこっ、に近くなった。いや、明子のほうは、はじめから変らなくても、ぼくの感じかたがちがってきたのだろう。小田原の町はずれみたいな（この三島のように繁華街のすぐそばではなく）飲屋街の飲屋（お茶漬屋）で、入れかわるほかの客のため、カウンターの奥におしやられたみたいなカッコになって、この明子とならんだとき、明子と顔を見合わせて、たぶん、ぼくのほうも、つまりおたがい、意味もなく、にいっとわらった。

そのときは、明子のことを、二十八、九歳かとおもったが、明子のにいっがにこっに近くなるにつれ、歳も若く見えてきた。

この飲屋があるあたりは、三島市の本町（ほんちょう）というところだそうだ。トーバリを焼いてもらう。トーバリは小ぶりなサンマの干物。トビウオの干物のだし用の焼アゴよりも、乾しアゴのほうに似てるが、もちろん味はだいぶちがう。焼いてでてきたトーバリは五匹。それが、ほそ長い皿にのってるのだから、トーバリの大きさ、ほそさの見当がつくだろう。

「五匹でもトーバリ……。わたしゃ欲バリ」なんてママがわらっている。小料理屋のママなどで、やたら駄ジャレを言って、へきえきするのがあるが、ここのママはそんなではない。のんびり、おっとり、こんなことを言う。トーバリはハリコともいうそうだ。

コノシロのヘソのはなしになる。なんで、そんなはなしになったのかはおぼえてない。鮨（すし）にしたりするコハダとコノシロはおなじ魚で、コノシロのちいさいのを、コハダというのだそうだ。関西ではツナシ。

きょう、山からとってきたという山ウド。山ウドの葉っぱを天ぷらにしてくれる。これも山でとってきた浅葱（あさつき）のラッキョウみたいなところが、栽培したのにくらべ、ほんとにちいさいが、ぴりっとうまい。しかし、このちっこいのをとるのがめんどうで、とママはこぼし、明子とぼくに、山からとってきた浅葱をもっていかないか、とどっさりさしだす。

しかし、これから、バスにのって、いけるところまでいくつもりのぼく（明子も、ぼくにくっついて、ずっと、バスにのっていく気らしい）たちは、ことわるよりしかたがない。

この飲屋の名は「徳兵衛」、カウンターのうしろの柱にかけてあった衛生責任者という札に××徳子と書いてある。ママの名前の徳子が徳兵衛さんになったのか。

路地をでて左にまがり、「ばしゃ山」という飲屋にはいる。前に偵察しておいたところだ。このあたりから、ぼくはジン・ソーダ、明子はウイスキーの水割りになった。

ぼくはジン・ソーダのサカナに納豆を注文し、明子になにを食べるかとたずねたら、「……ヤサイイタメ」とこたえた。明子が、ますます、若い女のコっぽくなる。

しかし、この明子というコは、どうして、ふらふら、ぼくといっしょにあるいてるのか？　いや、こんなことをしていていいのか？　たとえば仕事なんかはないのか？

「ばしゃ山」でのおしゃべりで、納豆のことを、浜松あたりでは、糸ひき納豆というときいた。つまり、浜松では、ふつう納豆と言えば、甘納豆のことらしい。関西でもそうだ。

はじめにきたネオンのおおい通りにもどり、しかし、そんなネオンなどはない「みどり」というバーで飲み、「ZERO」というスナックにもより、「博多」というスナックにもいく。「博多」のママは小倉のひとだそうだ。カラオケで歌う。明子はちいさな声だが、しっとりうたう。しっとりうたう、なんてことは、そんなに言えるものではない。明子は若い女のコなのに（ああ、とうとう、明子は若い女のコになってしまった）ほんとに、しっとりうたう。しかも、ちいさな声だが、ちゃんとしたうたいかただ。

目がさめ、ここはどこか、と明子にきくと、「モーテル」と言った。昨夜、タクシーでこのモテル（ぼくはモーテルとは言わない）にきたのは、おぼえていない。明子も、このモテルが、三島の町のどのあたりにあるのかはわからない。

明子は、小田原の旅館に泊ったときとおなじように、ほそっこいからだを、ぴったり、しなっとぼくにおしつけている。「おきよう。おきよう。さ、もう、おきよう」とぼくはなん度も言う。

モテルをでて、すこしいくと、広い大きな通りがあった。こちらが三島駅だとおもうほうに、ぼくはかってにあるきだしたが、ガソリン・スタンドできくと、逆の方向だという。

明子は、「お腹がすいたよう」と道ばたにしゃがみこみそうになった。明子は、昨夜はヤサイイタメぐらいしか食べていない。「徳兵衛」で山ウドの葉の天ぷらも食べたが、三、四枚のちいさな葉だけ。それに、もう昼すぎだ。陽は高く、モテルからでてきたぼくや明子には、あたりはあかるすぎる。明子は目まいでもおきそうだったのかもしれない。

通りをひきかえし、しばらくいくと、喫茶店とレストランがいっしょになってるような新しい店があった。ぼくはこんな店はきらいだが、明子はやっとあるいてるみたいだ。

この店で、ぼくはハンバーグ定食をたべ、明子はサンドイッチを注文し、アイス・コーヒーを飲んだ。

三島駅まではかなりの距離があるそうだ。しかし、わりと近くに、ナントカという駅があり、そこから沼津行のバスがでてるはずだという。店の主人は表まででてきて、「ほら、あそこの信号のむこうの、つぎの信号のところを右にまがって……」とおしえてくれた。

三島田町という駅で、閑散とした駅だったが、駅前にバスがとまっており、うれしや、行先が沼津になっている。いろんな系統のバスがくる駅前ではあるまい。ここからでてるのは、沼津行のバスだけかもしれない。

バスのドアは閉じてあり、運転手ものっていなかったが、そんなに待たずに、バスはうごきだした。旧道をとおるらしい。黄瀬川という川があった。かなりの急流だ。沼津までのバス料金は２１０円。

沼津のバスセンターで、静岡行のバスがあるときいたので、その乗場にいくと、東名高速をとおるのがわかり、やめた。東京のぼくの家の近くからここまで、高速道路などはとおらずに、バスをのりついでやってきたのだ。

吉原中央駅行のバスがあったので、これにのる。白と赤の、わりと大きな、造花めいた花が、バス通りに面した、けっこういい建築の家の庭に咲いている。垣根ごしに、ぼくが見ているバスの窓のほうに、咲きこぼれるように、つきでてるのもある。「あれ、なんの花？」と明子にきくと、「ツツジよ」とわらった。ツツジも知らないのか、という顔だった。明子はお頭（つむ）のほうもからっぽの空子（あき）ではないみたいだ。もっとも、ツツジぐらい、だれでも知ってるか。

途中、深い峡谷のようになっていて、大きな水門が見えるところがあった。水がよどんで、にごっている。もうあけることはない水門なのだろう。水門のむこうでは、なにかの工事をやっていた。

川があちこちでチョン切られ、チョン切られたまま、とぎれとぎれの、ほそ長い池みたいに残っていたところまで、埋められてしまって、道路になったりするのを、東京ではなんども見てきてる。

このバスも旧道をはしってるらしい。吉原駅前にもバスはよった。ぼくは、富士吉原のヌード劇場には二、三度出た。客が入らない、かなしいヌード劇場だった。そのヌード劇場の二階は、これまたかなしいキャバレーになっていた。

このキャバレーで、おつまみの殻つき落花生が濡れてたことがあった。客がビールでもこぼした落花生を、まただしてきたのかとおもったが、蒸した落花生だとわかった。

ふつう、落花生は炒るのだろうが、このあと、横浜の南京町（今では中華街といっている）でも、落花生を蒸してるのを見かけた。アメリカ南部でも、ピーナッツを蒸すところがあるそうだ。静岡県のこのあたりも、落花生を蒸す習慣があるのか。

それとも、落花生がとれるころの、新落花生だけは、蒸したりするのか。富士吉原のそのキャバレーのホステスが、「これは、わたしが、うちの畑でつくった落花生で、きょう、とってきて、わたしが蒸したのよ」と言った。

富士吉原のヌード劇場にでたとき、この吉原駅から列車にのって、東京にかえったこともあった。

バスの窓から、「左富士」という大きな看板（?）が立っているのが見えた。ここは旧東海道で、江戸のほうからくれば、右てに富士が見えるのがふつうだが、ここは地形の関係で、道が急カーブしてたためか、道の左側に富士が見えたのだろうか。

ただし、バスの左の窓から見えたのは（ぼくはバスの左側のシートにいた。だって、左が海側だもの。ぼくは、いつも、バスの海側のシートにすわる）「左富士」という看板（?）とバス通りにならんだ家の屋根だけだった。沼津から吉原中央駅までのバス料金は490円。途中、白隠禅師の寺とか、毘沙門天などもあった。

吉原中央駅のバスターミナルから蒲原（かんばら）行のバスにのる。ところが、このバスが、なかなか富士川にでない。町のなかを、あっちにまがりこっちにまがり、どんどん時間がたつ。

そのうち、バスが富士駅前にきたのにはおどろいた。ぼくは富士駅が吉原中央駅と名前をかえたんだな、とおもってた。それは、富士駅から富士川をわたってつぎの駅は岩淵駅だったのが富士川駅と駅名がかわったことが頭にあって、富士駅も吉原中央駅と名前をかえたのか、とおもいこんだようだ。

富士川の橋の上でもクルマは渋滞していたが、橋をこえると、バスはスピードをあげた。このさきにも、たとえば、国鉄の東海道線下りの列車の左窓から富士が見える左富士のところがある。しかし、もうだいぶ前から、空気が汚れてるためか、新幹線にのっても、ほとんど富士山は見えないし、バスでは富士山が見えることなど、あきらめたほうがいい。

バスは、列車や電車とちがい、間近にものが見えるので、ぼくは好きなのだが、ジャマ物のない高いところをはしってたりするときのほかは、バスは遠見にはヨワい。

このあたりは、山が海にせまっていて、せまいところを、東海道線の線路や道路がとおっている。昔は、波のしぶきがかかる海ぎわの東海道をあるいたりしたのではないか。かと言って、バスの窓から、ばっちり、たっぷり海が見えるということもない。

富士川、新蒲原、蒲原。蒲原駅前からは、清水行のバスがあるのはあるが、夕方の時間で、清水方面行のバスはおしまい。小田原から熱海にいき、三島行のバスにのろうとしたら、おしまいだったときとおなじだ。

もう、バスがなきゃ、しようがない。駅前の飲食店ではなく、飲屋みたいなところはないか、さがしてあるいたら、せまい路地の奥に、それらしい灯が見え、うれしがって、はいっていったが、明子とぼくでビール一本、日本酒一杯飲んで、板ワサを一ケたべただけで、四千円近い金をとられた。

こんなことは、ぼくにはほんとにめずらしく、カンバラはこわい、カンバラ、クワバラと……うーん、それからどうしたのか？　いや、そんなこともあって、吉原中央駅から蒲原駅までのバス料金はいくらだったか忘れてしまった。

東海道線蒲原駅前はあかるく、心ぼそかった。コンクリートのかなり広い駅前には、バスの標識が二つ、孤独なぺろぺろキャンデーみたいに立ってるだけで、まるで人っ気はない。そして、そのむこうには、戦災にもあっていない、古い、ひくい家なみが、これまたひっそりならんでいる。

バスの標識の時刻表にかいてある時間はすぎたが、バスはこない。ほんとに、バスはくるのだろうか。このバスの標識がオモチャの国の広場の番兵みたいに見えてきた。こんなのが信用できるか。

蒲原町のおとなりは由比町だ。由比正雪は由比の人。徳川時代にちゃんとしたムホンの計画をたて、実行にうつそうとしたのは由比正雪ぐらいのものだろう。しかも、由比正雪は民間人だ。

由比川の川原で、おばあさん、おじいさんがクローケーをやっている。おばあさんはモンペをはいて、手拭で頰かむり。静岡県では、ご老人たちがクローケーをやってるのを、ときどき見かける。

よけいなことだが、クローケーは、今、ニホンではゲート・ボールと言ってるらしい。そして、ゲート・ボールは熊本県ではじまった高齢者向きのスポーツ、と書いてる事典もあるらしい。クローケーは、ゴルフのグリーンのように、芝生の上でやった。しかし、由比川の川原には、芝生などはなく、ただの地面だった。ゲート・ボールはクローケーを真似た、それこそニホン産の、ルールもすこしちがうゲームなのかもしれない。もちろん、英和辞典には、ゲート・ボールという英語はでていない。由比川の川原で、おばあさんやおじいさんたちがやっていたのは、クローケーではなく、ゲート・ボールなのだろう。

西山入口というところで、海が見えた。バス通りは小高いところで、右側は山だ。海のむこうに、わりと近くに伊豆の山々が見える。ちいさな漁船がちらほら海に浮いていた。

西倉沢からは海ぎわの通りで、波がばちゃばちゃうちよせている。東京からここまでのバスでも海のこんなすぐそばをとおったことはない。砂浜もある。釣りをしてる人がいる。右てに海をへだてて見えるのは清水市か。

近ごろでは、どこにいっても、釣りをしてる人がいる、と言われる。テレビのクイズ・ダービーに、川柳で、魚から見れば人間みなサギ師、なんてのもあった。しかし、北海道の知床半島のまん前に国後（くなしり）島が見える羅臼（らうす）からもっと知床岬にいったところなど、釣りをしてる人などはいない。バスもはしってない。やがて、道もなくなる。

興津川はかなり大きな川で、流れもはやい。興津の町は清水市のなかにあるらしい。最後の元老といわれた西園寺公望（きんもち）は、晩年、興津の坐漁荘というところにいたようで、その名前を新聞などでよく目にしたが、どんなところかは知らない。バスの窓から清見寺（せいけんじ）が見えた。このお寺には高山樗牛（ちょぎゅう）の碑があるそうだ。また、清見寺庭園も有名らしい。交通係の腕章をつけたお巡りさんが自転車にのって、歩道をはしってくる。いや、今は、自転車で歩道をはしってもいいのか。

庵原（いはら）川、清水の町にはいる。蒲原から清水駅のバス料金は３３０円。白の車体によこにブルーのストライプがはいった、静岡鉄道、静鉄バスだ。

清水駅の近くの大和屋デパートの裏から、新静岡行（料金２５０円）のバスにのったが、おなじ静鉄バスだけど、白い車体によこに赤いストライプ。ところが、車体の三分の一ぐらいは、グリーンに塗ってあり、それに、創業天明元年という文字が、バスにのるとき、ちらっと目にはいった。創業天明元年とは古いバスだなあ、とおもったが、もちろん、ぼくのおもいちがいで、じつは、バスをおりたときには、そのことは忘れていて、はっきりたしかめなかったが、静岡市内に本店があるお茶屋さんの広告のようだった。

草薙（くさなぎ）というところは、まだ清水市内らしい。日本武尊（やまとたけるのみこと）が東国遠征のとき、このあたりで四方から火攻めにあい、まわりの草を剣でなぎはらってたすかったというのが、三種の神器の一つの草薙剣（くさなぎのつるぎ）で、そんな故事から、草薙という地名もできたのか。

新静岡のバスセンターで、藤枝駅行のバスにのる。静岡市役所は、戦災にあわなかったのか、ビザンチン風な建物で、正面の円屋根（ドーム）の塔なども趣（おもむき）がある。するが凧（だこ）、という看板をだした店。静岡の町のすぐ西に安倍川がある。

安倍川にかかった橋のてまえ左のほうに、北ホテル、と大きな看板がでていた。いわゆるラブ・ホテルだろう。「北ホテル」はフランスの有名な小説（ウージン・ダビ作）で、映画「北ホテル」も評判になった。しかし、静岡にも北ホテルがあったのか。

バスが安倍川をこえると、家の軒なみも古く、道のはしの松も古びて、東海道の跡なのかな。東海寺というお寺もあった。バスの窓から、名物とろろ汁丁子屋、山土売ります、なんて看板も見える。平安の宮道というところでは、入口に観光バスがとまっていて、ちょうど、観光客がぞろぞろかえってくるところだった。岡部川、岡部町、朝比奈川。焼津（やいづ）港は左てのほうになるらしい。藤枝市内にはいると、あちこちに成田山の看板があったが、さいしょに成田山の看板が目についたあたりから、バスは樹齢が古そうな松並木の道にはいった。瀬戸川という川もある。新静岡—藤枝駅バス料金４３０円。

さて、藤枝からさきがやっかいなことになった。藤枝から島田にいくバスぐらいはあるだろう、とぼくはおもっていた。そして、島田からは金谷、掛川となんとかバスでいけないかと期待していたが、ぜんぜんダメ。

だって、国鉄の東海道線があるんだもの。国鉄にのるほうが、てっとりばやい。また、東名高速のバスもある。ただ、ひとつだけ、ふつうのバスで前にすすめそうなてがあった。藤枝から御前崎（おまえざき）までバスでいき、御前崎からどことかにいくバスにのるのだそうだ。

ただし、藤枝駅前から御前崎にいくバスはあるが、御前崎からそのナントカにいくバスは、もう、この時間では無理だという。御前崎まで、バスで一時間半ぐらいかかるらしい。だから、藤枝駅前からのバスが御前崎についたときには、御前崎からナントカ行の最終バスはでてしまったあとってことらしい。

藤枝から静岡にひきかえした。バカなことだが、静岡で飲もうってわけだ。静岡には、ちゃっきり横丁という飲屋のせまい路地がある。だが、はじめて、この路地をとおったが、なんだか活気がない。それで、ここでは、あとで飲むことにして、ちゃっきり横丁の路地をぬけ、青葉横丁にいった。

まっすぐ、いったわけではない。いつものことだが、なんどか道をまちがえる。

「また、道をまちがえたの」

うしろからついてきてる明子がわらう。ぼくの東海道中バス栗毛が、明子とぼくのヤジ・キタになるなんて、おもってもみないことだった。今でも、ふしぎな気がする。

静岡の青葉横丁には、前にきたことがある。せまい路地に、ちいさな飲屋がむかいあっていて、なかなか活気がある。静岡駅からもそう遠いところではない。ぶらぶらあるいていける。

ところが、前に飲んだ店がどこだかわからない。「なんて名前のお店?」と明子はきき、ぼくは「わからない」と首をふった。明子はわらってる。

明子のわらいかたが、小田原の夜でのにいっから、にこっみたいになり、今では、珍獣が珍なることをするのを見て、おかしくってしようがないようなわらいかたになっている。

前に飲んだ店の名前をおぼえてれば、青葉横丁は長さは百メートルもないくらいだから、すぐわかる。名前ってものは、そういうためにあるのだろう。

どこかの町にいって、ぼくは、前に飲んだ店などをさがすのだが、たいてい、場所も店の名前もおぼえていない。おぼえていないというより、はじめから、頭のなかにないのだろう。

「場所も店の名前もわからないんでは、さがしようがないじゃないですか」

ぼくがたずねる相手はあきれてしまう。それでも、ぼくは名前をおぼえようとしない。ぼくは名前ぎらいなのだろう。これは、はた迷惑だが、ぼくには、なにかだいじなことかもしれない。

ただ、青葉横丁では、入口の右がわの角か二軒目ぐらいの店でも飲んだので、見当をつけてはいっていくと、ぼくにはまだ若く見える店の主人が、「やあ、ひさしぶり」と言った。「三平」という店だった。

まず、ビール。ビールのグラスをあわせて、ぼくが「おめでとう」と言うと、明子も「おめでとう」と言った。ウイスキーも飲む。カウンターのガラスのケースのなかにポテト・サラダがあったので、だしてもらったが、これがとてもおいしかった。ぼくはポテト・サラダが好きで、うちで飲むときは、いつも、ポテト・サラダをたべている。しかし、よそでたべるポテト・サラダでおいしいとおもうのは、名古屋の中部日本放送（CBC）の近くの、夜はバーで、昼食のときだけ食事をだす店ぐらいだ。（なん十ぺんもこの店にポテト・サラダをたべにいってるのに、ここも名前を知らないんだなあ）

この「三平」のオデンもそうだが、静岡のオデンは、関西風のいわゆる関東煮（だき）だ。それに、いやにお汁（つゆ）がくろい。関東煮のお汁はにごってるが、こんなにくろいのは、静岡ぐらいではないか。そして、オデンの材料（ネタ）がみんな串にさしてあり、それがなぜか、直角に、まっすぐ、オデン鍋のなかにつっこんである。

明子は、ししとう、ぼくはタンを焼いてもらった。タンはおいしかった。明子は、ししとうとか山ウドの葉の天ぷらとか、そんなものしかたべないから（それも、はんぶんは、ぼくがたべている）欠食で、目まいがおきそうになったりするのだろう。

今は気候がいいので、青葉横丁の店は、たいてい、表のガラス戸をあけている。だから、「三平」をでて、おぎょうぎはわるいが、路地にならんだ飲屋をのぞきこんでいってると、ある店のママに声をかけられた。この前、青葉横丁にきたとき飲んだ店だ。

ママは黒いサングラスをかけていた。だから、さっき、この店の前をとおったとき、ぼくはわからなかったのか。店の名は「ふうちゃん」。ママが黒いサングラスをかけてるのは、昨夜、若い主人と夫婦げんかをして、ポカッとやられ、右目か左目のまわりにアザができてるのだそうだ。

ここでは、ながらみとかいう巻貝を、竹串のさきで身をだしてたべ、ほかに、大根と油揚の煮つけや、ほそいエシャロットを味噌でたべた。

この前も、ここで飲んでいた、どこかの会社にいってる若い主人にさそわれて、店がカンバンになったあと、奥さんのママもいっしょに、近くの「フィージー」というスナックにいき、大歌謡大会になる。じつは、「ふうちゃん」の店の名も、このスナックの名前も、明子がおぼえていたのだ。ぼくは、ただバスにのって、夜は酒を飲んでまわり、明子がメモ係みたいになった。(明子がメモをするのではない。明子はおぼえてるのだ) これも、おもってもみないことだった。

青葉横丁でさいしょにいった「三平」では、ぼくたちのあとから、ものしずかな女性がひとりでやってきて、酒は飲まず、お茶を飲みながら、オデンをたべていた。

その女性のことを、「よく本を読んでるひとなの。ね、そういう感じだったでしょ」

と明子が言うので、ぼくはいくらかあきれ、「おまえも本を読むのか?」ときくと、明子は「わたし、本は好きよ」とこたえた。

「フィージー」あたりで、ぼくは大酔払(オオデキアガリ)に酔払(デキアガ)り、この夜は、「ちゃっきり横丁」にはいかなかった……と明子は言う。

藤枝駅前の喫茶店とレストランがいっしょになったような店で、ぼくは焼肉定食、明子はピザ・パイをたべ、コーヒーを飲んだ。

御前崎行のバスにのる。バスのなかにいた若い女のコに、「このバスは海が見えますか? 見えるならバスのどっち側?」とたずねたが、そのコは「さあ、わたしはそんなに先までいかないので、わかりません」とほほえんでこたえた。とりあえず、バスの左側のほうに、ぼくは明子とならんで腰をおろした。

バスは東名高速の下をとおり、大井川の河口近くもはしった。バスの左側の窓から大井川の河口、河口のむこうの海が見える。

「海! 海だよ」

ぼくはバスの窓に顔をくっつけ、明子はわらう。吉田町、榛原(はいばら)町なんてのがある。バスにどっと中学生や高校生がのってくる。榛原高校という高校もあった。遠州神戸というところもとおった。コウベではなく、カンドと発音するらしい。

けっこう海が見える。松原ごしに海が見えるところもあった。濃いブルーの海だ。入江もある。人っ気のないちいさな港。陽の光のあかるい港。川もわたる。御前崎の町にはいる前、バスは高いところにのぼった。

御前崎の役所前というバス停でおりる。（バス料金６８０円）いっしょにバスをおりた榛原高校の生徒が、すこしはなれた、通りのむこう側のバス停までついてきてくれ、「ここから、菊川行のバスにのるんです」とおしえてくれた。

役所前ってことだが、なにかの役所らしい建物など見えないし、ありそうもない。菊川行のバスがこのバス停にくるまでには、四十分ぐらいある。

明子が「すこし散歩しない？」と言うので、バス通りから家の裏のほうにいった。除虫菊が白く咲いている。子供のときは、女中菊だとおもっていた。菊という名はついていても、はした女めいた花に見えた。ところが、伊豆半島の南端の石廊崎の近くで、目もはるかに除虫菊が咲いてるのを見て、ふしぎな（ストレンジな）美しさを感じた。地図で見ると、この御前崎は伊豆の南端の石廊崎とほぼおなじ緯度か、すこし南になるようだ。

明子と畑のはしに腰をおろす。むこうの畑に、除虫菊に似ているが、花のまんなかがまっ黄色な花がある。

「あれも除虫菊？」

ぼくはきき、明子はわらった。

「あれは、春菊じゃないの。ほら、あれ、あのうすむらさきの花……」明子はうしろのほうの花をゆびさした。「じゃがいもの花よ。じゃがいも畑」

ぼくたちは畑のはしに腰をおろしてるが、まん前は畑ではない。ま、籔といったところか。明子は、足もとのグリーンの茎をしたものをゆびさした。「あ、百合だわ」

「この百合、花が咲くのかい？」

ぼくは、百合と言っても、こんなものに百合の花が咲くのかという気持ちだった。明子はそいつのグリーンの茎の、さきっちょのほうを、指さきでそっとなでるようにした。

「咲くでしょ。芽がでてるわ」

ぼくたちはバス停にもどった。時間はまだ二十分ほどある。「でも、バスが時間より早くきたら、アウトだものね」と明子は言う。前は、明子がぼくのあとについてきていた。今では、ぼくが明子のうしろにくっついてるみたいだ。

バス停のななめ向うに店屋（みせや）がある。雑貨から食料品、あるいは鎌なども、なんでも売ってる店だろう。

この店のすこしてまえで、小型車がとまり、ジーパンをはいた女がおりてきて、店のなかにはいり、また店の外にでて、店の表の台においてあったものをとり、店にはいった。小型車の助手席には、ちいさな男の子がいる。ジーパンをはいた女は若いお母さんらしい。

小型車は通りのつぎの角までいって、Uターンし、もときた方向にはしっていった。それからしばらくして、ほかのクルマがくると、どこかの工場主といった感じの男のひとが、やはり、この店にはいり、前のジーパンのお母さんとおなじようなことをして、この男のひとは、クルマは大きいのに、通りでくるりとUターンし、もときたほうにいった。

「また、おナスよ」

明子がわらう。ジーパンのお母さんも、どこかの工場主みたいな感じの男のひとも、クルマでこの店屋(みせや)にきて、店の表の台の上にあったナスビを買っていったらしい。ぼくも、ずっと、それを見ていたが、ナスビだとはわからなかった。

菊川行のバスがきた。バスのいちばんうしろの座席に明子とならんで腰をおろす。藤枝から御前崎までのバスでも、明子とぼくはいちばんうしろの席にいた。おベンキョーがきらいな生徒が、こそこそ、教室のいちばんうしろの席にいるように……。

「バスがきたので、とたんに、陽気になったのね」

明子はわらい、ぼくは鼻歌をうたってるのに気がついた。

新野川という川もあった。ガチャンガチャン機械の音なんかきこえないような、いやにしずかな工場のよこを、バスはとおった。原子力発電所なのかもしれない。浜岡町、小笠町。菊川駅前までのバス料金520円。

菊川駅前の静鉄バス案内所で、もっと西のほうにいくバスはないか、ときくと、案内所のきれいな女性が、「うち（静鉄）のバスはありませんが、掛川行の遠鉄さんのバスが、あちらからでております」と駅のむかいのスーパーをゆびさした。遠鉄さんのバスというのは遠州鉄道バスのことらしい。

ぼくは、東京からずっとバスをのりついでやってきた、とよけいなことを言い、すると、菊川駅前のバス案内所の女性は、「それは、それは……」とマジメな顔をして、「お気をつけて、おだいじに」と言った。

掛川行のバスがくるまでには三十分以上あり、明子は、駅の近くの喫茶店にはいろう、と言う。喫茶店にいくのは、なん年ぶりだろう。喫茶店というところは、どうにも、ぼくにはなじめない。だが、日が暮れかかり、外は寒い。

喫茶店では、明子はコーヒー、ぼくは紅茶を注文した。明子は、新聞をとってきて、読んでいる。喫茶店で新聞を読む……なんでもないことかもしれないが、ぼくには知らない国のふしぎなものを見てるようだった。

菊川駅の向いのスーパーの前の掛川行のバス停には、女のひとが二人、バスを待っていた。

「だから、だいじょうぶ、バスはくるわよ」

明子がわらう。御前崎の役所前のバス停には、ぼくと明子だけで、ほかにはだれもおらず、ぼくはよほど心ぼそい顔をしていたのだろう。

菊川—掛川バス料金220円。途中に、つま恋トンネルというのがあった。また、掛川の町にバスがはいってからも、きりがない感じがするほど、町なみがつづいた。掛川は大きな町らしい。掛川駅のよこのほうにバスがついたときは、すっかりくらくなっていた。

「掛川泊りだな」

ぼくはつぶやき、明子は、うん、うん、とうなずいて、わらった。

藤枝から掛川まで、鈍行列車でも二十八、九分だ。それが、バスでは、おきるのはおそかったが、一日がかり。

「あるいたほうが、はやいんじゃない」

明子は、ぼくの腕を両手でもち、からだを前のめりに、ぶらさがりながら、ぼくのからだをひっぱるようなカッコで、けらけらわらう。

掛川駅から鉄道線路と平行に東のほうにいくと、ヤキトリ小路がある。ヤキトリ屋、飲屋が、六、七軒ぐらいむかいあってるのだ。

そこを偵察し、掛川の町のほう、つまり、線路から遠ざかるように、ちょっぴりあるいて、まだにぎやかな町なかではない、「稲穂」という飲屋にはいる。常連ばかりの店らしい。

カウンターのガラス・ケースの上に、ちいさな、まんまるな新ジャガがひらったい笊のなかにならんでいる。

イカフライをたべる。てきとうな厚身のイカだ。明子はカツオの刺身を注文し、皮をとってね、と言っている。アスパラガスのバター焼。

この掛川は、沖縄をのぞいて、日本列島のちょうどまんなかだ、ときいたのは、「おりがみ」というスナックだったか。

つま恋は、れいのねむの郷みたいに、野外コンサートなどが催され、かなり評判のところらしい。

うすぐらい通りの、いくらかピンクすぎる店にはいると、なにか気味のわるい感じがした。がらんと大きな店で、へんな女たちがいる。

カウンターのはしに、女連れで、明子とならんで腰をおろす。明子が膝で、ぼくの膝をつっつく。こんな店に、女連れで、しかも若い女のコとくるような客はいないのだろう。女たちも、注文をきいたり、お通しをもってきたりするほかは、遠くから、明子とぼくを見てるようだ。

ここのことを、気味のわるい感じとか、へんな女たち、なんて言ったが、じつは、そんなにストレンジな店ではない。場末という言葉も、田舎という言葉もきらいだが、そういったところの、客と寝る女もいる、あまりはやらないカフェといったぐあいなのだ。

この店をでると、明子はぼくの腕にぶらさがるようにしながら、ぼくのからだをひっぱっていくみたいな、れいのあるきかたで、「ああ、びっくりした」と言った。

「あれ、どういう店なの？」

「うん……ま、ああいう店もある。なつかしいな」

「なつかしい？　あんな……あんな店が好きなの」

「今は、もう、なくなっちゃったからね」

「あの店、ぶじぶじがいそう」

ぶじぶじなんかカケラもいそうもない町なかの新しいビルのスナックにいく。「アゲイン」であったこの町での有力者らしい方に、「エクスプレス」という、それこそ、この掛川でもいちばんのクラブにつれていってもらった。

店の奥は壁一面が大鏡で、だから、よけい店のなかが広く見える。ここにはステージがあって、ぼくは、バカみたいに、このステージでカラオケをうたった。

掛川で泊ったのは、ちゃんとしたホテルだった。それも日本間なのがよかった。ぼくはツインのベッドはきらいだ。

翌日、これもお昼ごろおきて、明子がさきにお風呂にはいった。そして、すこしたって、お風呂場にいくと、明子が、たいへんにおぎょうぎよく、浴槽のなかにはいっていた。

身じろぎもしないで、と言った、かたい姿勢ではない。ただしずかに、すっとお湯にはいったきり、まわりのお湯もぜんぜんうごかず、じっとしてるみたいだ。顔をまっすぐ前にむけている。

しかし、放心したような表情でもない。明子の姿かたち、顔つきも、くりかえすが、ただしずかに、お湯のなかにいる。

その裸身はお湯の水を透して見えるためか、しずかながら、花が咲きほころびたようにしろく、浴室にはあかるい陽ざしもはいりこんでいて、ぼくは、つい、息をつめたようになった。

京都三条は終着点　出発点

高速道路をはしる長距離バスではなく、つまりは市内バスをのりついで、東京のぼくのうちから、はるばる滋賀県の彦根までいった。

もちろん、途中でなん日も泊っている。小田原で泊り、熱海行のバスにのると、海を見おろす高い道をいき、うすあおく透きとおった海の水がきらきらと陽にかがやいて、ぼくのからだやココロまで、透明なうすあおい色に染るようだった。ところが、熱海につくと、もうその日は三島行のバスはないという。

しかたなく小田原にひきかえし、箱根登山鉄道バスにのった。ところが、小田原―元箱根―三島というつもりだったのに、強羅行のバスにのってしまい、またまたひきかえしたり、元箱根発の最終バスにのれてよかったが、日もくれてきて、その日は三島泊り。

つぎの日は富士川をわたったむこうの蒲原泊りで、藤枝からは直接西のほうにいくバスがなく、わざわざ御前崎までくだって菊川、掛川に泊ったこともある。

そんなふうなので、途中でなん日も泊ったと言ったが、おそらく、十なん日か二十日ぐらいかかってるのではないか。

名古屋からは一宮、大垣とバスをのりかえ、関ヶ原をとおって滋賀県にはいり、米原、彦根まではきたが、彦根からさきが、だいぶうろちょろしたが、どうにもならなかった。

九年前のことで、まことにざんねんだが、しょうがない、とあきらめていたところ、最近になって、香織さんが、ルートをかえたらいけそうよ、と言ってきた。

とつじょ香織さんなんて女性がでてきて、あいすまないが、香織さんは若くて元気のいいお嬢さんだ。

香織さんといっしょに名古屋から再出発。まず名鉄メルサから三重交通の桑名行のバスにのる。愛知銀行、中京銀行。その土地々々の銀行がある。ひちの中田、ひちは福屋へなんて看板。質屋のことだ。関東はシチヤ、関西はヒチヤ。名古屋の質屋も関西圏か。

国道一号をいく。昔の東海道とぴったりではないが、とにかく東海道。パチンコ・

ルート１、ＢＯＯＫ　ＨＡＬＬという大きな本屋さんもある。駐車場つきの大きなパチンコ屋が郊外にでき、本屋も郊外にという時代になった。日光川をこし、養魚場がおおい。錦鯉センター。

尾張大橋、木曽川をわたって三重県の長島町。また長い橋があって伊勢大橋。長良川だろう。尾張から伊勢と橋の名前がかわるのも国境らしい。どちらも河口のほうを見わたすと、水面がひろびろとつづく。

伊勢大橋のまんなかに交通信号があった。上流からの中州をはしってきたクルマが、ここで合流する。信号がある橋なんてはじめてだ。桑名の繁華街も有楽町。このバスの終点は桑名駅前。バス料金は７１０円。

すこし待ってやはり三重交通の四日市行バスにのる。員弁川なんて川がある。バスの窓の真下を川の水がさらさら流れる。陽はあかるく、砂地の川底がよく見える。また川があって朝明川というらしいが、もっと川の水面が近く、これも透きとおった水が手でふれられそうなところにある。

四日市の街にはいる。古い家の玄関に「ピアノ個人教授」と墨で書いた木の板がさがっている。そのとなりの家も古くて、表に格子がある。終点は近鉄四日市駅。バス料金５００円。

四日市の繁華街諏訪栄町の「二本松」で鰻重の上を香織さんにごちそうになる。香織さんは、再挑戦の旅の景気づけのつもりだろうか。鰻の肝はふつうお澄ましにはいってるが、これは味噌汁。桑名の名物はしぐれ蛤。四日市は、ほんとに長くて漉し餡がはいってるというなが餅、蝦の天ぷらをなかにいれて巻いた寿司の天巻。天ぷらの寿司なんてはじめてだ。

だいぶまえのことだが、近鉄の四日市の踏切のあたりに、買物籠をもった、かなしい、しょんぼりした女が立っていて、ぼくにはぴったりの女だから、すぐおいでよ、と四日市にいる午後三時から電話がかかってきたことがあった。午後三時は役者さんだ。奥さんがストリッパーをしていた。でも、かなしい女がいるからって、どうして、ぼくが東京から四日市までいかなきゃいけないのか。

四日市にはベッ世界というヌード劇場があり、ここで「深夜のストリッパーの防火訓練」というテレビの11PMのビデオ撮りをしたことがあった。

楽屋でストリッパーたちがぐっすり眠りこんでるところに、とつじょ火災警報が鳴るという設定だったが、「すこし寝呆けてみせろ」とあるストリッパーに言ったら、寝呆けたつもりで、枕を抱いて悶えちまったのには、わらった。

四日市から亀山行の三重交通のバスにのる。これからさきは、ぼくはいったことがない。バスがはしっていく左てに、いま流行りの巨大迷路。そのとなりにちいさな移動動物園。かなしい動物園のように見える。右てに三重銀行。

三叉路になったところに、大きな石碑が二つあって、一つは日永の追分、もう一つは右京・大阪、左伊勢という文字が彫ってある。東海道と伊勢街道の追分、道の別れるところ。ああ、まえは途中でくじけた京・大阪に、またむかってるのだ。采女のつえつき坂。はじめて道が上り坂になる。坂の上バス停。京都九十キロ、左鈴鹿市五キロ。だるま寺、左てに川、川ぞいの道になる。めし・おかず・やまもと食堂、安楽橋。田圃と茶畑のむこうにミエライスの看板。やはり国道一号だ。ホテル・キャンデー、平日ノータイム。終点はJR亀山駅。バス料金690円。

亀山駅前からJRバスにのる。前方に山なみが見えてくる。鈴鹿山系らしい。関町の関の地蔵さんをすぎたあたりから、上り坂になる。道ばたの電光掲示板に鈴鹿峠の温度五度とでている。道路凍結注意の掲示もある。筆捨山、沓掛。

坂下宿は鈴鹿峠をこえるまえの東海道の宿だったのだろう。松本本陣跡。道の左も右も茶畑。鈴鹿峠のトンネルにはいるところの山の岩肌に鏡岩と大きな字で書いてある。

鈴鹿峠は子供のときから名前はきいていたが、いったいどこにあるのかも知らなかった。いま、ぼくはその鈴鹿峠をバスでこえている。また、有名な鈴鹿馬子唄の〽坂は照る〳〵鈴鹿は曇る間の土山雨が降る……という歌詞の意味が、長いあいだふしぎだったのが、六十なん歳かになってやっとわかった。

新幹線で伊吹山が見えるところをとおると、このあたりだけ、たいてい雨か雪だ。ここも、おなじような気象条件なのだろう。伊吹山は、ここから遠くない。

鈴鹿峠のトンネルをこすと滋賀県。峠のむこうの土山宿。土山茶の看板。峠のこちら側にも茶畑がおおい。田村神社。

近江白川の白川橋。近江茶の看板。バスの左てにまた川。野洲川の上流か。びわこ銀行。ＮＥＣ水口工場。さくら漬の看板。ＪＲ三雲駅が終点。バス料金１１５０円。

名古屋から三重県にいき、北上するようにして、鈴鹿峠をこえ、滋賀県にはいるというのが今回の旅のミソだが、じつはこれは昔の東海道で、こっちのほうがオーソドックスな道すじか。

三雲駅からＪＲバスにのる。朝国、思川、道ばたに菜の花が咲いている。

「もうだいぶまえから菜の花は咲いてるわよ」と香織さんがわらう。しかし、ぼくにはじめての菜の花で、そのきいろさが目にしみる。

バスの左てに流れる茶釜川。近江下田。平山古今珍品流通センターという看板がある。なにを売ってるところか。竜王町。ひろい畑のむこうの山の上の太陽が、赤くかすんでいる。西にかたむいた夕陽だ。六枚橋、近江八幡駅南口。バス料金660円。

六日前にオープンしたというホテル・ニュー・オウミにいく。ホテルからあるいて三分ぐらいの「れい」で飲みはじめる。

野菜の炊きあわせのお通しがでる。そのなかに赤いものがあり、ニンジンかとおもったらコンニャクだった。名物の八幡コンニャクだそうだ。紅殻(べにがら)をいれてつくるとか。紅殻は鉄分があって、からだにいいそうだ。

時代劇にでてきそうな二合徳利から、盃ではめんどくさいと、香織さんがグラスに酒をとくとくと注いで、すいーと飲む。きれいな顔だちのまだ若い女性の香織さんのこの飲みっぷりには感心する。徳利はたちまち三本目になる。ぼくは酎ハイ。

香織さんはアジのたたきでぼくはアジの唐揚げ。水槽でさっきまで泳いでいたアジが二匹、姿を消したらしい。香織さんはカキ鍋も注文した。

鮒鮨は琵琶湖周辺の名物で、土地の人はこれほどうまいものはないと絶賛するが、他所者(よそもの)のぼくはその味になじめないでいた。ところがこの店でこしらえたという鮒鮨は、酒のサカナには、その酢かげん、とくに塩かげんがよく、ほんとにおいしかった。鮒鮨のおいしさを発見しただけでも、こんどのバスの旅はもうけものだ。

香織さんはオデンも注文し、大根、タマゴ、ゴボ天（ゴボウ巻き）などがきたが、このゴボ天は、ぼくがいままでたべたゴボ天のうちでも最高だった。ゴボウはちいさくて、まわりの身（み）が厚い。ちかごろのオデンの材料（たね）は、有名店でもどこでも、甘すぎて気にいらない。ところが、このゴボ天は、甘い味になれた連中の舌に媚びず、しゃきっとおいしかった。べつのバーにうつり、ジンソーダをガブ飲みしてカラオケ。これはバカらしい。

翌日、近江八幡駅北口で篠原行のバスを見送り、もっとさきの野洲（やす）町にいく近江バスにのる。滋賀銀行、古い家なみ、新幹線のガードの下をとおり、六枚橋、白鳥川、鳥居の上に瓦屋根がのっかった神社。日野川、ここにも希望ガ丘がある。こんどの旅で緑ガ丘というバス停も三カ所ぐらいあった。竜王スケート場。三つ坂、東京ではめずらしくなった切り通し。野洲駅が終点。バス料金は320円。

おなじバスが野洲から守山行になる。このバスは、運転席のすぐうしろとよこ、いちばん前の座席に大きな函がおいてあった。それが野洲をでるときは一つへっている。

「従業員の弁当なんですよ」

バスの運転手さんがわらいながら言う。じつは、近江八幡から篠原にいくバスはいくらかあるのだが、そのさきの野洲、守山というのが、一日に一本だけ。それを香織さんが発見し、これが、ま、ヤマ場だろう。

そのヤマ場は、なんと、バス会社の従業員の弁当をはこぶバスだった。近江バスの近江八幡、野洲、守山がおなじ管轄なのだそうだ。なんともほほえましく、涙もでそうになる。

このバスの運転手さんの制服は西武バスの制服に似ており、「ブレザーの胸にレオのマークがついてるわ」と香織さんは言う。

衆院議長にもなった堤康次郎はもともと近江の人で、地元の交通事業に成功し、東京に進出して西武鉄道をつくったのだそうだ。つまり、近江バスは西武バスの兄弟会社らしい。

俵藤太（藤原秀郷）が大ムカデを退治したという三上山が左てに見える。野洲川をわたる。下流なので川幅が広い。右にいくと琵琶湖大橋。守山駅で終点。バス料金170円。

やはり近江バスで守山から草津へ。鳩が二羽かさなったマークのHEIWADOを、あちこちで見かける。大門、江戸吉原の大門はオオモンだが、ここはダイモン。古びた神社の入口に、これまた古びた金網にはいった狛犬がむかいあっている。この狛犬は生きてるので金網のなかにいれられたのか。芦浦、畑の上でちらちらしてるのはヒバリか。上笠商店街、草津駅。バス料金３００円。草津名物うばがもち。

また近江バスで草津駅を出発。東上笠、陽ノ丘団地口、山田、矢橋（やばせ）、近江大橋有料道路。バスが近江大橋をわたるとき、左てはやや三角形に瀬田川のほうにひきしぼられた湖（うみ）の面（おもて）、右てははるばると水面（みなも）がつづき、それがおだやかなうす青い色が基調ながら、ときにはベージュ、きいろなどもまじって、さまざまに水面の色がちがっている。

この季節に近い、春霞が琵琶湖に立ちはじめた日、湖の西のほとりに立ったことがあったが、湖の上には春霞が立っても、湖のむこうの山々の頂きはしろく雪をかぶっていた。湖のわりとそばでオリエント急行の車両をホテルにつかってたなあ。滋賀県庁の前の掲示板に、本日の琵琶湖の水位プラス三十二㎝とでている。浜大津が終点。バス料金３２０円。

浜大津から京阪バスにのる。札の辻、道は上り坂になる。逢坂、大谷から下り坂。

追分をすぎて京都府になる。佛立寺、京都銀行、国道、山しな、五条別れ、薬大前、アヴェ・マリア教会・幼稚園。

ちきりやガーデンは造園屋さん。ほかにも京都ではちきりやの看板を見たが、あれはなんなのか。蹴上、都ホテル。ずっとまえから、このホテルに住んでる友人がいる。粟田神社。終点の三条京阪駅のてまえに「伏見」がある。ちいさな酒場だが、京都でもいちばん繁盛した飲屋で、夕方は客の列ができ、表の通りにまでならんでいた。いまでは、そんなでもないようだ。このバスの料金１９０円。

お江戸日本橋をふりだしに、この京の三条で東海道はあがりとなる。

東京からフツーのバスをのりついで、やっとここまできた。途中ひきかえしたり、とんでもないまわり道をしたり、滋賀県の彦根までできながら、どうにもならず、あきらめて中断していたが、西へいくバスのことは、いつも頭のなかにあった。それがこうして、京都の三条大橋までたどりついた。十年たっていた。

三条大橋の東のたもと近くに、尊王の志士高山彦九郎がすわって手をついてる銅像がある。なんでも知ってる香織さんも高山彦九郎のことは知らず、でも彦九郎の銅像を見つけたのは香織さんで、「こんな銅像が！」とびっくりしていた。高山彦九郎は上州（群馬県）の人だから、やはり東から西に東海道をくだってきて、この三条大橋にたどりつき、橋のたもとにすわりこんで、御所にむかって頭をさげ、ふしおがんだのだろう。

三条大橋を香織さんとあるいてわたり、新京極の通りを北から南にくだる。四条通りにでるてまえの「スタンド」で昼食。昼間だが、みんな飲んでいる。

鯉のあらい三八〇円。湯どうふ二五〇円。柳川なべ六〇〇円、酢カキ四五〇円。これが関東だとカキ酢になる。ビフカツ五八〇円はめずらしい、とぼくが言ったら、「東京にもあるわよ」と香織さんはこたえた。ビフカツは牛肉（ビーフ）の cutlet、つまり昔なつかしい洋食のカツレツのことだろうか。

新京極のほんとに庶民的な店だが、スコッチの水割りが四五〇円。いまでは庶民がスコッチ・ウイスキーを飲んでるのか。スコットランドの庶民はスコッチ・ウイスキーを飲んでるだろうけどさ。キリン・ワイン赤・白・ロゼ四〇〇円。キリンのワインがあるとは知らなかった。ぼくはヤキソバ三八〇円、香織さんはワンタン三七〇円。

四条の通りを西にいき、錦の市場をもどってくる。せまい路地だが、ニホンでもいちばん長い市場だろう。路地の両側にぎっしり店がならび、全国の市場の番付でも横綱格。

生麩、麩餅、湯葉と京都らしいものがならぶ。魚では身欠きニシンに若狭の一塩のグジ（甘鯛）。京野菜もいま流行ってるそうで、昔ながらのまっ赤なニンジンに京イモなど。

新しく金箔をはりかえた金閣寺が見たい、と香織さんが言うので、出かけていく。ぼくが金閣寺ははじめてと知り、香織さんはびっくりしている。でも、ぼくは金閣寺も銀閣寺も、名所旧蹟といったところは、ほとんどいったことがない。

それでも、ぼくは東映映画にでるため、毎月、京都撮影所にきてたこともある。徳川の将軍も二度やった。テレビでも映画でも徳川の将軍なんか、おそれおおくてできないころだ。上品なカツラをということで、東野英治郎さんの水戸黄門のカツラをかりた。

金箔をはりかえた金閣寺を見て、香織さんは「キャー！」と悲鳴に近い声をだした。「まえはくすんだ金色だったのに、いまはほんとに金ピカピカね」と香織さんは言う。金閣寺はま四角な箱型で、金色のケーキの箱みたい。

かえりは京都市営バス（１７０円）千本北大路、大徳寺前、ハレルヤ理容院はキリスト教の床屋さんなのだろう。裏千家センター。

堀川の通りにはいり、一条戻り橋、二条城、四条の通りをいき三条京阪へ。

二条の川ぞいのホテル・フジタに泊る。窓の下を鴨川がながれてる。こんなホテルははじめて。川の瀬の音。

でも、京都の三条大橋で東海道バスの旅はおわりという気はない。もっともっと、できるかぎり西にいきたい。

翌日は京都駅までてて桂駅東口行のバスにのった。神戸にむかったのだ。桂駅東口から東向日（ひがしむこう）、ここから水無瀬、そして茨木。このあいだのバスは一日に三本しかないのがわかった。

茨木から石橋、阪急西宮北口駅。市内バスにのって、西宮市役所。阪神バスにのりかえ、国道二号線で神戸・三宮へ。京都駅前を午前十時にでて、三宮についたのは午後六時だった。

まだ西にいくぞ！

山陽道中バス栗毛

海の幸を供に山陽路をいく

神戸はかなり強い雨だった。そのためか、新神戸駅からすこし坂をくだった布引橋の下の川の流れはカルピス色に半透明に濁っていた。しかし水の濁りかたまでやさしくしろい。

橋をわたり、布引のバス停から湊川神社行の市バスにのる。神戸の市バスはどこでも料金１８０円。坂をおり、すぐに東門街。これは生田神社の東門の通りで三宮駅に近く、飲食店がおおい繁華街だ。すこしさきに生田消防署。ここを右に坂をあがると神戸女子短大で、この近くの上海料理でカウンターで飲む「明花（メイファ）」やチリ料理の「イダコ」などにはよくいったものだ。それにＪＲのガード下の大衆酒場「国冠」。

バスのぼくのそばに、髪が長くスカートがみじかい女子大生らしい女のコがたっている。神戸はニホンでもいちばん、かわいい女のコがいる町ではないだろうか。

大倉山、中央体育館、楠町、湊川神社。楠正成はここで戦没し、水戸光圀自筆の

〈嗚呼忠臣楠子之墓〉の高さ三メートルの碑は、ぼくが子供のころはたいへんに有名だった。それに神戸にいく人はたいていおみやげに買ってきた湊川神社の瓦せんべい。終点は新開地で、ここで板宿行の市バスにのりかえる。新開地でもよく飲んだ。シンガポール一番乗りの勇士が老いたオカマになってたゲイバーもなじみだった。新開地から古びた手すりの石段をおりると福原で、いまはソープランド、もとは浮き世風呂、戦争がおわるまでは由緒正しい遊廓だった。この福原に尾張屋という飲屋があり、大柱時計がさかさまに柱にかけてあり、「どうしてサカサマなの？」とたずねたら、「それがわかればけっこう」と主人がこたえた。

板宿行の市バスは、東山町、熊野、夢野町、坂をあがったりおりたり。神戸は東西に長い町。北側は六甲の山なみで、そちらのほうは山手とよび、南は海で浜側という。このバスは山手をはしり、だから坂がある。道路よりひくい空地にリサイクル屋の看板。何でも売ります、買います。名倉山、長田町。丘の上に家がたくさんたっている。神戸学院女子短大、宮丘町、五位の池。

このバスの終点の板宿にもよくいった。長い大きなアーケードの商店街はあるが、三宮や元町みたいに洒落てシックではなく、それがまた板宿の特徴だろう。その商店街の旦那たちがあつまる料理の仕出し屋の奥の部屋でもなんどか飲んだが、どうしてそんなところにいったのか。

山陽電鉄板宿駅の近くの煮込みもおいしいヤキトリ屋はカウンターの裏側に金属製のフックがあり、バッグなどをぶらさげるようになっていた。この店の主人は神戸港にくる外国航路の船の船員だったのかもしれない。

板宿からも濃いグリーンの車体の市バスで、よくまがる坂をあがる。坂に似合ったせまい道だ。そして道とならんで、これまたあまり川幅の広くない川がある。川は道の左になり右にかわり、あるときは川よりもずっと下に、そしてまた道のよこにならぶ。

那須神社、家なみがきれ、道のそばに笹藪、丘の上に団地の建物。新しい妙法寺駅は大きくてりっぱだ。時間のせいかあまり人気(ひとけ)がない。

妙法寺駅前からこれも市バスで名谷(みょうだに)へ。団地の建物がたくさん、高台から高台にいくバスらしい。横尾、北須磨。団地の建物も住宅もみんな新しく小ざっぱりしている。高校の校舎まで新しい。神戸ビーフの看板。須磨高齢者交通安全モデル地区の標識塔。須磨一ノ谷行のバスとすれちがう。一ノ谷は海ぞいの須磨公園のそばだ。

名谷から明石駅前へは神戸市バスとたしか神姫バスがあった。バス料金680円。名谷駅のそばには池があり、池のむこうには五階建の団地。バスはいったん北の白川台にいき、南の明石のほうにくだっていく。O・K牧場。バスがいく通りの両側は山だ。畑があり、川にそってバスがはしる。これも雨のためか川の水が濁っている。

いやに豪勢な瓦屋根の家。妙法寺から名谷のあいだにあった住宅などとはまるでちがう。都会ふうではないが、いまは土地持ちは金持ちで、そういった感じだ。ビニールハウスも見える。伊川谷駅、小寺橋、川のそばに焼肉明月、あんまり客はなさそうな店。新末田橋。

明石のお城のよこのお濠のそばをバスがはしってる。お濠に白鳥がいる。ぐるっとまわってまたお濠。JR明石駅前だ。

駅のなかをとおりぬける。山陽電鉄の駅が二階になっている。平屋で人の出入りのおおいぼろっちい駅だったのをおもいだす。

市場の魚の棚もすぐそばだ。この市場には明石と神戸の境の明舞団地からよく買物にきた。

明石の鯛は有名だが、飯蛸も名物で、すぐ近くの明石港には飯蛸取りの専門の漁船もいる。鯛も飯蛸もエビも生きている。一匹四百円のエビがぴょんとはねて、おとなりの三百円の升にうつったのも見た。メバルは赤褐色だしきりょうはわるいが、たいへんにおいしい。

市場のなかのちいさな店の「丸勝」で、元祖タコ焼をたべる。玉子焼とも言う。ふつうのタコ焼の二倍ぐらいの大きさで、ふわふわしてるが、表面はこんがりぱりんとして香ばしい。一人前二十四コをならべた木の台がななめにかしがってるのもレトロ的だ。ぼくたちのほかは高校生らしい女のコが二人いて、これも一人前の玉子焼をたべている。二組で、ちいさな店のなかはいっぱい。

玉子焼をつくっているのはこの店に似合ったおばあさんで、それがもうひとり店にいるおばあさんを、ねえちゃん、とよぶ。

明石は釘煮のシーズンで、魚の棚でも一キロのビニール袋にはいったイカナゴをたくさん売っている。これを買ってきて、うちで甘からい佃煮にするのだ。イカナゴが折れた釘みたいなかたちになるので釘煮とよぶのだろうか。

丸勝のおばあさんは毎日毎日三十キロもの釘煮をつくり、ニホン全国の知人に送ってるのだそうだ。

明石港まであるく。淡路島の岩屋、富島にいくフェリー。橋の下は海の水。たくさんならんで舫(もや)ってる漁船に夕暮れがしのびよっている。

路地に飲屋がならび、そのさきの「メートル」で飲む。昔、酔っぱらうことをメートルがあがると言った。「そのメートル？」ときいたら、無口な店の主人が「そう」とうなずいた。

海鼠(なまこ)、白魚に似たほとんど透明のほそいちいさな魚が小鉢にはいっている。つるんとのみこむと、はかない味。イカナゴしんこと言うのだそうだ。蛸ぶつがおいしい。蓮根の天ぷら。ぼくはこれが大好きだ。蓮根のアナはふつうは八つだが、ときたま九つのがあって、そいつがとくべつおいしい。〽アナ（花）は九つ、アナは九つ、願いは一(ひと)つ……李香蘭の昔の歌をうたいだす。もう酔っぱらってる。

キスの天ぷら。目刺しもしょっぱくてうまい。オデンの鍋が湯気をたてている。関東でスジと言えば、魚のソーセージだが、関西では串にさした筋肉。店の主人は丸テン（プラ）と言いはるボール、ほんとにまるくひらったい丸テン（サツマ揚げ）、ジャガイモ、タマゴ。

ほかの客はみんな会社がえらりしく、「メートル」なんておっかない名前とはちがい、白木のカウンターもあかるくさっぱりした、明石では繁盛してる飲屋だろう。この店でもよく飲んだ。

おなじ路地の二階の「こまん」にうつる。すこしはなれた席のいい顔だちいい服装の客が、こちらにやってきて、ぼくの前のカウンターに、黒いちいさな物をぽいとおいた。

「コブ！　コブよ」とイタズラ小僧みたいな顔つきのママがさけぶ。関西の人はやたらにコブ（コンブ）に愛着がある。カラオケをうたう。

明石公園、お濠の前から加古川行の神姫バスにのる。お濠の水のむこうの樹々の茂みのあいだに点々と白い物があり、白鷺だという。みんなこっちをむいて、じっと動かず気味がわるい。

河口に近い橋をわたった。沖に船がいる。硯町、和坂、大久保、神戸製鋼の工場、広い畑、播州平野なのかな。長坂寺、10ドルステーキ・アメリカン。魚住、池、土山、「お酒の飴」の看板。坂元、加古川駅前。バス料金620円。

明石でもそうだったが、りっぱな和服を着た中年女性を見かける。なかには道行（着物のコート）を着たひともいる。東京ではないことだ。

加古川駅前から鹿嶋神社行のバスにのる。路線バスをのりついでいくと、こういうまわり道をしなくてはいけない。JR線でたった一駅の区間に、バスでまる一日かかることもめずらしくない。

路線バスで東京を出発し、箱根をこえ、静岡、浜松ときて名古屋にはいり、関が原をとおって彦根まではいったが、あとがにっちもさっちもいかず、名古屋に逆もどりして、三重県をへて、鈴鹿峠をこえ、近江路から京都の三条大橋にたどりついた。じつはこちらがオーソドックスな東海道だった。

そして、京都から神戸へ。こんどは神戸から出発だ。加古川駅前からのバスはなごやかで、みんなのんびりおしゃべりをしている。栗津、元祖かつめしというのはなんだろう。

加古川って川があるんだなあ。大きな川、長い橋をわたる。平津、川上のほうにすすむ。魚橋（うおのはし）、終点の近くは正面に中国地方特有の禿げ山が見えた。神姫バス、料金400円。

鹿嶋神社の大きな石造の鳥居には国威宣揚、武運長久の文字が彫ってある。願かけダルマを売ってる店。こしあん、つぶあんのかしわ餅。やはり名物らしい甘酒二百円。甘酒があまいのにびっくりした。

神社の本殿から石段をおりたところに、両側に石灯籠がならび、それにちいさな願かけダルマをおいたり、矢をさしこんだりしている。

鹿嶋神社から姫路にいくバス。お正月用の葉牡丹が紡錘型にすっかりのびきっているのを、こんどの旅のおわりの倉敷市の玉島の港まで、あちこちで見かけた。これも東京ではないことだ。

　ブライダル都市高砂の看板。このあたりは高砂市らしい。〽高砂やあ……にちなんでブライダル（花嫁）都市なのか。別所、佐土、御着（ごちゃく）橋、百萬石米の看板。市川橋、城見町。

　姫路駅前でバスをおり（料金は４９０円）にぎやかなアーケード商店街をとおり、前日の元祖タコ焼、玉子焼の丸勝とおなじ名前の丸勝食堂にはいる。明石の丸勝よりも店は大きいが、古びていかにも昔ふう。牛肉とタマゴの丼をたべる。店の奥の物置みたいなところで、薪で大釜をたいていた。

　アーケードの商店街をぬけると公園で、正面にニホンではいちばん大きな白鷺城の天守閣が見えた。この公園に小動物園があり、柵のなかにノロがいて、おどろいたことがある。

　ぼくは初年兵で、長い行軍のあと湖南省までいったが、夜、歩哨に立ってるときなど、草むらをノロがぴょーんぴょーんととんでいくのを、なにか夢でも見てるようにながめていた。

ノロはウサギと鹿のあいのこみたいなふしぎな動物で、大きなウサギの倍ぐらいか、こんなのはニホンにはいない。

戦争に敗けた夜も、ぼくたちは戦争がおわったことを知らなかったが、ノロが草むらや木のあいだをとんでいたことだろう。

姫路駅前からのったバスは、木がおいしげり、きれいに植林した山のあいだをはしった。鹿嶋神社のあたりにあった、中国地方ふうの、禿げっちょろけの山とはちがう。

水が透きとおった川もある。それがバスがすすむほうに流れたり、逆に流れたり。

トンネル、山崎。佐用、大原でバスをおりる。料金１８５０円。はじめは長距離バスふうだったのが、町ごとに人がのりおりする生活路線バスになった、と同行のＫさんは言う。

大原はけっこうな町だった。林野バスセンターにいくバスを待つあいだ、「リセ」というレストランにはいり、旅心のせいか、ぼくにしてはめずらしくアイスクリームをたべたが、べつのテーブルにいる人たちのおしゃべりが、関西弁と中国弁のまじりあったもので、そういう土地にはいってきたのかという感慨があった。

美作（みまさか）町。宮本武蔵生誕之地、ここより三キロの標識。かなり大きな川が、バスがはしる通りのそばにあったり、遠くなったり、川にかかった橋もわたる。両側に山はあるが、陽はあかるい闊達な風景だ。立石、岩辺、あじさい寺、美作江見駅、林野バスセンター。料金970円。

今夜の泊りの湯郷(ゆのごう)温泉は名前も知らず、だいいちこっちのほうには一度もきたことがない。まわり道をしてすすむバス旅のおかげだろう。林野バスセンターから湯郷温泉まではバスで130円。

湯郷温泉はスナックもいくつもあり、ヌード劇場も二つあるようで、ちゃんとした温泉町なのにおどろいた。うなぎとすっぽんが看板にある料理店。すっぽんが名物の温泉場などはじめてだ。

宿のにしき園はりっぱなホテル。大風呂に露天風呂もあった。固型の石けんはなく石けん液だ。液のだしかたがわからずマゴついてると、となりの人がおしえてくれた。お湯は硫黄泉でもなくアルカリ泉でもないらしい。

夕食はつぶ貝、辛子がついたちいさなイカ、刺身はイカにハマチに甘エビ。玉子とじ、天ぷらはエビにナスにサツマイモに獅子唐。ワサビの葉がはいった和え物がいい味で、ちょっぴりの焼魚がおいしい。ぼくは寄せ鍋はたべなかった。ビールに焼酎のお湯割り。

飲んでたべたあと、ホテルのにしき園をでて、夜の温泉の通りをあるく。ナイトシアター「サザンクロス」というのは、いったいどんな店だろう。

通りのいちばんはずれのほうにヌード劇場のニュー美人座。天狗ベッド月代景子、入差し二條千草、花電車ローズ・マスミ、入差しルビー・クイン、ポルノショウ成樹&美樹。

バスがとおる広い通りをわたって「プラスワン・サチ」にはいる。地元の人が飲みにきそうな店だ。こういう店は温泉場ではほんとにすくない。

予想どおりに地元の人のバー。ぼくのとなりの席の人は、なかなかの紳士だが、自分のことを大工と言っており、木造建築が専門の建築会社の社長らしい。カラオケもうまい。

ママさんはまるっきり水商売っぽくはなく、それにまだ若い女性だ。初物のイチゴをごちそうしてくれた。五、六人の客がはいってきたが、中学校の先生だそうで、たいへんに礼儀ただしい。

温泉町のまんまんなかのスタンド「とも」にうつったが、ここのママも和服は着ていてもしろうとみたいで、客も温泉客のようではなかった。

カウンターの上に銀杏の袋があったので焼いてもらった。そして、不器用なぼくは歯で銀杏の殻を噛みやぶろうとし、ママが包丁で割ってくれたそうだが、おぼえていない。たぶん銀杏の実をたべながら、「ギンナン（艱難）汝を玉にす」なんて駄洒落をわめいていたのではないか。

翌日の朝食の麩の味噌汁は西日本ふうだろうか。イカの刺身、ハム、蒲鉾、コンニャク、甘く煮た豆、和え物、つい生玉子をご飯にかけちまう。これをやるとトイレが心配だが、大好きなのだ。湯豆腐の豆腐がたっぷりやわらかくて白い艶がいい。

にしき園からあるいて二、三分の鷺湯橋のバス停から岡山行の宇野バスにのる。この町の共同湯は湯郷温泉鷺湯となっていた。もとは鷺湯とよばれた温泉かもしれない。川にそってバスははしる。尾谷、英田町、椿谷、川幅がうんと広く、水が淀んで瀞になってるところがある。浅いダムが見える。

心配していたトイレのために周匝でバスをおりる。ここまでのバス料金は３００円。周匝はスサイなのだそうだ。「読めないでしょう」と土地の人がカメラの芦沢武仁さんに言ったという。ニホン全国でも難読の地名だろう。山の上にちいさなお城がある。「個人のお城じゃないかな」カメラの芦沢さんがつぶやいてる。同行の二人にはめいわくをかけたが、トイレのことがなかったら、このお城にも気がつかず、周匝の名前も知らずにとおりすぎただろう。紅茶を飲んでバスにのる。

土を掘りおこした畑。ニホンの畑も区画がずいぶん広くなった。菊ヶ峠、仁堀、川がまた近くなる。赤坂、道ばたに竹林、河本（こうもと）、馬屋（まや）、大原橋、川原に大きな梅林がある。川のなかにあちこち灌木がたっている。灌木の中州もある。水源地という地名。岡山駅前。バス料金８６０円。

倉敷行のＪＲバスにのる。銀仮面団というのは劇団の看板か。天満屋デパート、ぱぶ面白半分、正一合飲屋。中仙道ってところもある。「キャッツアイ」女装、水着マニアの店、という看板が平凡な町なみに立っている。石碑センターはお墓や灯籠の店。左にいくと瀬戸大橋の標識があって倉敷の町にはいる。灯台のあるレストラン、倉敷カントリークラブ、学生マンション入居者募集中、八重洲ブックセンターが倉敷にもある。「演歌館」というカラオケ・スタジオ。

倉敷駅前で両備バスにのりかえる。大原美術館、南町、老松町、倉敷こども劇場、白楽町（ばくろう）、昔風の家の庭さきに盆栽みたいに手をいれた松の木。倉敷の町を象徴するようなものか。ペプシの古い看板。五軒家。人家と小山がくっついて、小山とすれすれのところをバスがとおる。

水玉ハイウェイ、江長十字路。ヤットコというバス停がある。篦（へら）取神社、ドンドン。こんな地名ははじめてきいた。霞橋、高梁（たかはし）川は川幅が広く、橋の下流のほうに、海の水がこれ以上あがってこないように汐留めの堰がある。東京の新橋の汐留貨物駅の名前の意味が、高梁川の汐留めの堰を見て、はじめてわかった。

新倉敷駅、終点は玉島交差点。バス料金は500円。玉島の町は手打うどんの看板が目立つ。玉島湊（みなと）は長方形の川のような深い入江で、かつては瀬戸内海沿岸航路の一大中心地だった。いまでも漁船やレジャー用のモーターボートがたくさん舫ってるが、かつてのようににぎやかな港ではない。海よりの水島を中心にした臨海工業地域のほうが有名だ。

深い入江のさきのほうに橋がかかっていたが、この橋ができてから十年はたつそうで、ぼくがまえに玉島にいったときは、この橋はなかった。そのかわり、入江のまんなかあたりをいききする、ちいさな渡し船があった。

この渡し船にのって入江のむこう側にわたり、丘にのぼると、良寛さんが修行したという円通寺がある。丘の麓のほうには入江と逆行して、切ないほど古びた遊郭の建物があった。

このまえ玉島にきたときは、入江の奥の水門の近くの松之江別館という旅館に泊り、旅館の奥さんが子供のころには、水門にいっぱいシャコがくっついていて、棒でたたくと、ぽとぽとと落ちたというシャコを笊にいっぱい茹でてもらってたべた。れいのママカリで有名なところでもある。

松之江別館の近くに、あかるくて小ざっぱりした飲屋があり、ここでたのしく飲んだが、フィリピン人の大学生だという若い女性が養女になっていた。

玉島から水島のほうを海側にまわって倉敷に行くバスもあり、これにものったおぼえがある。

岬のさきの瀬戸内海を見おろす鷲羽山（ざん）はたいへんに有名な山で、小柄なのに連勝してさわがれた相撲取り鷲羽山（やま）の名前にもなった。

この近くの下津井で茹でてない、生の蛸をたべたことがある。生の蛸など韓国の仁川の海のそばの料理店とここぐらいしかない。海のなかの生簀からとってきた蛸はもちろん生きており、切りとった蛸の足も生きていて、ぴったりと俎（まないた）に吸いつき、刺身にされやすいようにうごかなかった。

瀬戸大橋もすぐ近くにある。四国への宇高連絡船がでている宇野＝玉野の町も近く、ここで飲んだときは、トリの皮のヤキトリがおいしかった。みょうなものに感心したものだ。

ふるさとの山はかわってた

玉島から福山にいくバスはヤスハラ医院の前からでていた。となりに大きな倉がある。昔は倉の大きさや倉の数がお金持のステータス・シンボルだった。古めかしい倉ではない。かなりモダンな、りっぱな倉だ。ヤスハラさんちはこのあたりの大地主でお金持で、その息子が医者になったのだろう。

こんどの旅で、尾道からフェリーでわたった向島（むかいしま）でも、島を循環するバスにのっていて、旧家のお邸の一隅が医院になってるのを見た。地主の息子が医者になるというのは、めずらしいことではなかった。

バス停があるのは良寛通りというらしい。良寛さんは越後の人として有名だが、まるで方向がちがうこの玉島の円通寺にもいたそうで、とほうもない話をきいた気になった。バスはその円通寺が丘の上にある入江ぞいの道をいく。短冊型に深く長方形にいりくんだ入江だ。その入江のいちばん奥に水門があったが、すこし位置がずれて、新しい水門ができた。

九州佐賀の呼子港も、おなじような長方形の入江の港で、ニホン一の港とほめる人がいる。玉島もほんとにすばらしい港だよ、と感にたえたように言う人がいて、ぼくはなんどか玉島にきた。

その入江の西側をバスははしる。入江の東側の水島臨海工業地域をとおって倉敷にいくバスにのったことがある。しかし、入江の西側のバスははじめてだ。バスの窓から入江の海の水をながめる。ただ見てるだけでうれしい。入江と外海とのさかい近く、入江をまたいで橋がかかっている。この橋もまえにはなかった。入江の西側で岡山名産の畳表の藺草を栽培してるところにいき、色もにおいも濃いその独特のみどりに、むせかえるようなおもいをしたことがある。

入江をうしろに、バスが右にまがる。西にむかってるんだなあ。と、ため息をつくようにおもう。西へ、西へ……じつは、ハイウエイをとおらない市内バスをのりつぎ、はるばる、東京からやってきたのだ。しかし、ずっとのりついでたのではない。

ぼくはニホンでもたいへんにヒマな男のひとりだが、それでも、たとえば映画の試写を見るときは東京にいなくちゃいけない。そんなことで、バスにのっては二日か三日かほどふらふらし、そのあと東京にかえる。

そして、また東京からでてきてバスにのるのをくりかえしてきた。わらわないでいただきたいが、さいしょにバスにのったのはもう二十年もまえのことだ。それも、べつに東京から西へ西へとバスでいこうなんて考えてもいなかった。そのころ、ぼくの家は田園調布のとなり町の東玉川にあった。東京も南のはしだ。多摩川までは、あるいて二十分ぐらい。ある日、ぶらぶらあるいてるうちに多摩川まできて、丸子橋をわたった。川のむこうは神奈川県だ。そして、やがてくるバスにのった。バスは丸子玉川から日吉、綱島、そして東京湾のほうにくだって、新子安、横浜へ。ぼくが意図したわけではない。もちろん、なんどかバスをのりついだが、そういうコースになったのだ。ともかく、さきへという気持はあったのだろう。

その日は、横浜駅、戸塚駅などでバスをのりかえ、藤沢までいって、東玉川の家にもどってきた。

玉島から福山にむかうバスがいく通りはたいらではない。坂をあがり、坂をくだる。また、まっすぐな通りでもない。まがりながら坂をあがり、カーブして坂をくだる。通りの両側には、びっしりといったぐあいではないが家がある。玉島の家々だろう。けっして田舎っぽくはない。山陽道は冬でも陽があかるい。玉島の郊外のあかるい住宅地といったところか。

家と家とのあいだに隙間ができてきた。隙間まであかるい。隙間のむこうに田圃が見える。家は高いところにたっている。平地は田圃で、高台に家。平凡なことを、あたらしく発見した気になる。

あれ、山にこんもり木がはえている。亭亭と高くそびえる木ではない。せいぜい灌木だろう。それがこんもりよりあつまっている。ぼくが子供のころには、山陽道の山はこんなふうではなかった。花崗岩質の地肌が山のてっぺんや中腹にむきだしになっていて、いわゆる禿山だった。こんどの旅でも、列車が姫路をすぎたあたりから、山頂ちかく、岩肌がでてる山がつらなって見え、

「ほら、ごらん、中国地方にはいったとたん、もう山がちがう。中国地方の山だよ」

と同行のKさんに、そんなに自慢することでもないのに、ぼくは得々としてしゃべった。

ところが、いまこうして、バスの窓からながめる山は、それとははっきりちがう。山ぜんたいにこんもり木が茂っているのだ。花崗岩質の岩山ぜんたいに肌など、どこにもでていない。

山がかわったのだ。国破(やぶ)れて山河あり、という言葉があった。国が戦争に敗けると

いう、たいへんなことがおこったのに、山や川は戦争がはじまるまえとおなじように、自分の目の前にある、という意味だろう。

太平洋戦争に敗けて、あちこちの戦線から復員してきた将兵は、せいぜい戦国時代あたりのことだとおもっていたこの言葉を、しみじみとかみしめたにちがいない。

ところが、国破れて山河あり、というのは戦後しばらくのことで、山河だけはかわらない、とみんながおもっていたのに、山河が大変容をおこしてきた。

福岡の東公園はだだっ広いだけの殺風景な公園だったが、西公園はめずらしい山の公園で、家なみのすぐ近くなのに、そこだけ深山幽谷の感じさえあり、頂上にいたると、むこう側は高くきりたった断崖、見おろすと、断崖の下は海で波がうちよせており、信じられない気持だった。

ところが、戦後なん年かたって、西公園にいき、その断崖にたったとき、唖然とした。海がないのだ。はじめは目をこすり、自分のほうがどうかしてるのかとおもった。西公園の断崖のま下にあった海がない！

海は遠くにいってしまい、断崖の下ははるかに埋めたてられ、石油タンクもずらずらっとならんでいて、海はそこからもだいぶさきだ。

川も土手がなくなり、土手にはえた草も野花も消えて、コンクリートの川になってしまった。いまの練馬の家の近くの石神井川もコンクリートの大きな溝だ。もともとの川だったころの土手の桜の木もなく、そこにトラックをとめて、近くの焼肉屋で飯をくってた運転手たちもいない。

でも、コンクリートの川はまだいい。東京では、あちこちで川がなくなってしまった。はじめはコンクリートの溝になり、そして、地下にもぐったらしい。

しかし、東京のいわゆる下町には、掘割や川がうんとあり、それをみんなつぶしてしまうわけにはいかないらしく、でも川や掘割がみんな高くなっている。晴海埠頭から錦糸町にいくバスなどは、いくつも掘割をわたるけど、通りがぐーんと高くなって橋がかかり、その下に掘割があるというのは、なんとも人工的ではないか。

玉島から福山にいくバスから見える山は、韓国もおなじらしいが、かつての禿山ではなく、こんもり木が茂っている。しかも、いまは冬場で紅葉の末期だが、けっして水墨画の山ではない。日本画の山の色ともちがう。イエローにグリーンに濃いベージュ、こんもりかげんといい、これはパステル画の色彩だ。中国地方の山がパステル画になってしまった。

バスは金光町にはいったらしい。金光教本部の大きな道標がある。戦後すぐのころ、山陽本線を満員の鈍行列車でいくとき、金光駅で長いあいだとまっていたりした。でも、金光教本部の建物は見たことがなかった。「あ、あれが大講堂！」と玉島のバス停でいっしょになったカメラマンの芦沢さんがゆびさす。たくさんの人たちがはいれそうな、すっごく大きな建物の金光教本部の講堂がバスの右ての窓のうしろにながれていく。

東京では見られない竹林があちこちにある。鴨方（かもがた）というところのおいしい広場、焼肉屋さんがある。レストラン、ラーメン屋。空高くネットをそびやかすゴルフの練習場をあちこちで見かけた。笠岡市。左てに海。笠岡港、古城山。西ノ浜、大きな市民病院。

「ひろしまの酒のんでみんさい」という看板が道ばたにたっている。岡山県から広島県にはいったのだろうか。バスのフロント・ガラス（前の窓）があかるくなってきた。バスは西にむかっている。西から晴れてきたのだろうか。奉天ギョーザの看板。バスは福山市内をいく。明神前、新橋、御船町。久松通りの商店街のアーケード。バス料金は1110円。

福山で新幹線がとまったとき、駅のまん前にモダンなきれいなお城ができてるのに気がついたことがある。あれだって、もうだいぶまえのことか。

駅の近くのニューキャッスル・ホテルからタクシーにのり、いくらかはしったところの飲屋なんかがあつまってる通りの「まつしげ」にはいる。魚料理専門の店らしい。まず、慈姑(くわい)と蛸の子（卵）をちいさなカマボコ型にかためたものがでる。慈姑がこの福山の名物だってことは知らなかった。岩国は蓮の根のレンコンが有名だ。さより、イカ、鯛、貝柱の刺身。この季節、瀬戸内海でおいしい魚の刺身だとのこと。さよりはほんとにきれいな姿だ。

ぼくはやはり瀬戸内海の昔の軍港町呉でそだった。おなじ広島県だ。子供のころからよくきかされていた魚の名前のめばるの煮付けをたべる。

いまが旬らしい。白いふっくらした焼物のフグ。オコゼの唐揚げもおいしかった。オコゼはおっかない顔の魚で、また、そのトゲに刺されるとたいへんに痛いが、まえはよく味噌汁の具にした。オコゼの唐揚げをつくるようになったのは戦後のことだろう。

酒は地酒のミヨシ正宗。通りのむこうがミヨシ町だそうで、そこでつくってる清酒。だからほんとの地酒だ。あっさりした味で、さらっと飲みやすい酒。地酒というと、おもっくるしく、田舎っぽい酒がおおいが、ミヨシ正宗は都ふうで粋でさえある。焼酎も飲む。

「まつしげ」をでて、飲屋街をぐるっと一周する。福山の夜ははじめてだが、さて、つぎはどこで飲むかとさまようのは、たいへんにたのしい。

店をでて右にまがり、また右にまがって、またまた右……と一周しかかったところで、あるスナックにとことこはいっていく。じつは、この店の屋根に主人がのぼって修理しており、それをママが店の外にでてながめていたのだ。ぼくたちのほうがさきに、ママはあとからドアをとおる。店の名前は「カラオケ酒場順子」

カウンターのうしろの棚にサントリーのV・S・O・Pのブランデーの壜がずらっとならんでいた。ブランデーをボトルキープしてるらしい。こんなのははじめて見た。

ぼくたちが新宿ゴールデン街あたりでボトルキープしてるのは、せいぜいサントリーの白ラベルのウイスキーぐらいだ。それに、このスナックは、けっして高級そうな店ではない。それなのに、ほとんどの客がブランデーのV・S・O・Pのボトルキープとは……。ぼくが知らないうちに、ぼくたちはビンボーなまま、ほかのニホン人は金持になったのだろうか。この福山は日本鋼管の工場ができて、大都会に成長したときいている。

ブランデーではなく、ウイスキーで濃い水割りをつくってもらう。ママの順子さんは広島県の山の中から神奈川県の横須賀の海べにお嫁にいき、「わたし、漁師になっちゃったの」とわらう。

「漁師にもびっくり、それに、横須賀はアメリカ兵がたくさんいるでしょ。それまで、アメリカ兵なんて見たこともなかったから、これにもびっくり！」

ウイスキーの水割りをガブガブ飲み、カラオケも歌う。だいぶたって、屋根の修理がおわった主人が店にはいってきた。

福山駅前の広いバスターミナルで、午前九時の尾道行のバスにのる。この時間には一時間に一本だが、朝夕には四本ぐらいバスがはしっている。鞆鉄バスなんてのもある。鞆ノ浦は昔からの名所だが、昨夜たべたさよりの背中みたいに海の水がみずみずしく青い。

芦田川をこし、右のほうから流れこむ支流にそってバスはいく。川原というよりも、川をうめつくすように、草がいっぱいはえている。いまは冬の季節で、川にはえてる草もだいたいはススキの類だろうが、さすがに陽があかるい山陽道、ススキたちが茎たち高く、冬なのにみどりがつやつやしている。わしっとエネルギーを感じる。あれれ、白い穂のやさしいススキもある。

通りの右て、すこし小高くなったところに、お城のように大きくのしあがるようにして神原病院。外科、胃腸科、内科、小児科の大きな看板。東京をはなれると、医院や病院がやたらにりっぱで大きく、目につく。

バスがいく通りと並行して線路があり、貨物列車がやってくる。みんなコンテナで、これが長い。バスにおいつき、ながながといっしょにはしって、ゆっくりぬきさっていく。

もみじ饅頭、千福の看板。もみじ饅頭は宮島の名産、千福は呉の清酒だ。高諸神社。川があって、左手に海が見える。太田橋、造船所前、海ばたに高い大きなクレーンがならぶ。こんなのが昔あったら、とてつもない巨人に見え、ドンキホーテが槍をつっかけていったかもしれない。

海の上をわたる風はあるのに、ほとんど波はない。これこそ瀬戸内の海だろう。くりかえすが冬の季節なのに、陽はうらうらとかがやき、曇天にグレイの波がうちよせる津軽の海なんかとはまるでちがう。

清酒白牡丹、味付ちりめんの看板、居酒屋串の子。終点はＪＲ尾道駅前だった。バス料金６８０円。どこの港でも、たいてい町はずれの遠いところにあるのに、尾道の船の発着場は、駅のすぐ近くだ。

ちょうど、桟橋が移動したところらしく、仮設の待合室なんかもあったが、昔とはやはりちがう。

瀬戸内海は船がバスのかわりみたいなものだった。とくに尾道は国鉄の駅のまんまえに港があり、出入りする船が、たえまなくいそがしくうごいていた。そして、港のよこにはたべもの屋のバラックの長屋が海ぞいに軒をのび、ここでも、船待ちの人たちが飲んだりたべたりしていた。

それらが、まるで夢のなかのできごとのように、きれいになくなってしまった。もっとも、船だって、ドーナツみたいなそら色の煙をはきだすポンポン船のころだ。かわってあたりまえだろう。

新しい桟橋から、おむかいの向島にいくフェリーにのる。船のまんなかにクルマがのっかり、その両はしにそれこそ廊下みたいにほそい長い客室があって、ベンチが一列。ぼくはまだそれが桟橋だとおもってたら、窓の外の海面がうごきだした。料金は一〇〇円。こういう公共的なフェリーは安い。

向島の入江のなかにフェリーははいっていく。向島はもちろん尾道市内だし、それに島だけれども、郊外の農村部なんかとちがい、尾道のダウンタウンみたいなものかもしれない。

ここには日立造船がある。フェリーをおり、すこしあるくと学校があったが、その校庭が広いのにはおどろいた。たいていの島は平地がすくなく、学校の校庭なんかもちっぽけなものだったが、これはちがう。それに、この学校は天文台まである。

学校のよこをすぎ、つきあたりを右にまがると、DOCK OF THE BAY というしゃれた建物があった。そのよこにヨットのクルーザーがたくさんならんでた。ヨットのクラブ・ハウスらしい。

ひきかえし、島内循環のバスにのった。あんがいたくさんの乗客がいる。おどろいたことに、運転手は女性だった。東京でも女性のタクシー運転手はいても、バスの運転手はいないのに、ぼくの知らないところで、ニホンはどんどんかわってるようだ。

バスはまっすぐ島をよこぎってるらしい。通りが坂になり、しだいに高まっていく。ミカン、夏ミカン。夏ミカンは真冬のものだ。大きなお邸の一隅の医院。

島のむこう側の海が見えてきた。波がたっている。ちがう海だ。さみしい風景のなかを旧型の貨物船がいく。クルーザーなんかにはまるっきりむかない海。

バスは左へとまわりこみ、ちいさな砂浜がある。そこに奇岩とでもいうようなものが、にょっきりはえてる感じだ。でも、見る人もいないのに、奇岩ひとつがあったって……とおかしい。

バスは入江につづく川をくだり、橋をわたって、もとの日立造船の前のバス停にもどった。バス料金はたしか320円ぐらい。
またフェリーにのり、駅近くの路地の「すえ膳」でめばると豆腐の煮つけの昼食をたべた。すえ膳くわぬは男の恥、なんてエッチな言葉があるけれども、このすえ膳はいったいどういう意味なのだろう。

駅前から尾道市営バスにのる。終点は鳴滝登山口。中国地方はそんなに高い山はないが、目のまえの小山のイエローや樺色、それどころか真冬なのにグリーンの濃い木々の葉のあいだに、燃えたつようなあかるい赤の紅葉があって、目をあらわれるようだった。

ここは河口にも近く、あわいベージュの砂のあいだを透明な水が流れている。わずかばかりの水流なので、ことさらいとしく見えるのか。

なんどもくりかえすが、雪もふかいところもある冬の日に、瀬戸内のこのあたりは、海もあかるくのんびりし、河口があかるく、川の砂まであかるい。がさつなぼくまでが、瀬戸内で暮した子供のころをおもいだした。

鳴滝橋でのりつぎの三原行のバスを待ってるんだが、これがこない。バスというのはたいへんに政治的で行政区間にわけられ、だから、県境をこえていくのはJRバスだったりする。尾道駅から鳴滝登山口までは210円、これからのりついで三原までいくと、割引で260円。尾道で市営のバスをおりるとき、運転手に大きな割引券をわたされた。

結局、バスは二十分おくれてやってきた。通りが交通渋滞だったわけでもなさそうだし、どうしておくれたのかさっぱりわからない。

ところが、このために予定がガタガタになった。三原から西条にいくバスをミスしたのだ。バスターミナルで呆然としてると、ちょうど広島空港にいくバスがあり、空港につくと、すぐ白市行のバスがでて、ほいほいよろこんでたら、このさきがまた大難儀。

やっとこさ西条についた。酒都西条という大きな看板がたっている。西条駅近くの「こつぼ」でカレイの唐揚げをたべ、地元の酒の福美人を飲む。尾道は言葉のおわりにナアがつくが、こちらノウ、と店の主人が言う。ぼくもノウの広島弁でそだった。小津安二郎監督の名作「東京物語」の笠智衆と東山千栄子の老夫婦は尾道に住んでおり、「……ですなあ」なんてやっていたのをおもいだす。

「ローラ」というスナックにもよる。制服を着た若い女性もいて、まわりは田舎っぽいのに、この店は都会ふう。

翌朝、西条から広島にでるバスが、また時間のつごうがわるく、呉行のバスにのる。黒瀬、郷原はもう呉市のうち。広へとかなり山をくだる。阿賀、呉駅。この日は呉から広島にでて、宮島口にいき、フェリーで宮島にもわたり、ぼくのほかはかき丼をたべた。「冬陽ぬくく尾根にいずれば四国見ゆ」呉第一中学校のときの担任の先生の句で、ぼくの家などがある山の尾根までのぼったら、瀬戸内海をへだてて、四国の山が見えたってことらしい。

おもいでの海に抱かれて

このまえのバス旅は宮島口まできた。前日は清酒賀茂鶴などで有名な西条（いまは東広島市のなか）に泊ったのだが、バスのつごうで、まっすぐ広島にはでないで、おもいがけなく、ぼくが育った昔の軍港の呉によった。呉には北九州の八幡製鉄所以上とも言われた海軍工廠があり、また、横須賀、呉、佐世保の鎮守府に属する各艦隊からなる連合艦隊が入港したときなど、ふつうの商業港なんかにくらべうんと広い呉湾もいっぱいになり、湾外にも軍艦が停泊してる光景など、もう二度と見られるものではあるまい。ずっとあとに、舞鶴にも鎮守府がおかれたが、連合艦隊がうちそろって呉軍港に入港してたときは、まだ舞鶴は要港で軍港ではなかった。

宮島口は厳島（いつくしま）神社がある厳島に渡るフェリーがでている。広島駅前からの広島電鉄の終点でもあり、JRの宮島口の駅もある。厳島に渡るフェリーも広電（広島電鉄）とJRの二つがあって、乗り場もならんでおり、赤い大げさな帽子をかぶった駅長か助役ぐらいのえらい駅員のオジさんが、大きな声をだして、それぞれの呼びこみをやってるのがおかしかった。

なん年かまえに、宮島口で目にしたことだ。そのとき、このあたりの山がおデキ頭みたいな情けない状態になってるのに気がついた。ぼくがもとの軍港町呉でそだったころは、中国地方には禿げ山がおおかった。このまえのバス旅は、自然だけはかわらないとおもったのに、その山にこんもり木がはえてることを発見する旅だった。しかし、宮島口あたりの山々の禿げかたは、ぼくの子供のころの中国地方の禿げ山ともちがっていた。

ふしぎにおもって、ひとにきくと、台風のために山々の樹がみんなやられたとのことだった。それは無残なもので、あれくるった台風のため、樹々の葉や枝がふっとんだだけでなく、幹そのものが、エンピツ削（けず）りにつっこんだみたいに、だいいち樹の皮が剝げちまってる。しかも、さきっちょだけエンピツ削りにいれたのではなく、幹の根元までガリガリやったみたいなのだ。ここいらの山はそんな樹ばかりだった。異様なおデキ頭の山々だった。厳島神社の大能舞台が、どでーんと下におちたのも、この台風のときらしい。

厳島神社の有名な大鳥居は海のなかにたっている。潮がひけば砂の上にそびえ、潮が満ちてくると、波にあらわれている。長いあいだ、海のなかのあの鳥居は厳島神社の象徴というか看板みたいにおもっていた。ところが、あるとき佐賀県の田舎の海辺をあるいていて、村のちいさな神社のところにきた。その神社は海のほうにむいていて、海のなかに、厳島神社の大鳥居にくらべると、ほんとにちいさな鳥居がたっており、そのとき、はっとわかったのだった。

厳島神社もそうだが、これらの神社は舟でやってくる人たちの神社なのだ。参詣する人たちは舟でくる。海が玄関で、だから海のなかに門のかわりの鳥居がたっている。佐賀県の海辺のその神社は、人ひとりいない、ひっそりした、ちいさな神社だった。神社だけでなく、まわりにもだれもいなくて、ただ波の音だけがきこえていた。

このまえは、バスで宮島口まできたが、もうさきにはいかず、フェリーで厳島にわたって、それこそわりと海のそばの食堂で、牡蠣丼をたべて、これがとてもおいしかった。広島県は牡蠣の養殖で有名だ。げんに、厳島とのあいだの海面にも点々と牡蠣棚がある。また、呉から広島までも、あちこちの水面に養殖の牡蠣棚を見かけた。

しかし、広島は、したがって厳島も牡蠣そのものがおいしいだけでなく、牡蠣をとじた玉子のやわらかさがよかったのではないか。やわらかいという形容もじゃまなくらい、とろとろの玉子だった。そして、もちろん、それにぴったりあった御飯のやわらかさかげんもよかった。宮島口でバスをおり、わざわざフェリーにのって厳島にわたり、厳島神社に参拝もせず、古びた食堂で牡蠣丼をたべただけで、またフェリーにのってかえってきたのだが、その甲斐はじゅうぶんにあった。それほど、おいしい牡蠣丼だった。北海道の礼文島で、雲丹丼のおいしさに、ほんとにたまげたことがあったが、あれも雲丹と御飯のやわらかさ、そのあいだのとろとろの玉子にびっくりしたのだろう。ぼくはもと軍港の呉でそだった子供のころから、玉子とポテトが大好きで、酒を飲むようになっても、あいかわらず玉子とポテトをたべ、オジイになったいまでもポテト・サラダでジン・ソーダを飲んでいる。

こんども、宮島口でバスにのるまえに食事をした。メシなんかたべてないで、さっさとバスにのったら、と叱られそうだが、バスがでるまでに一時間あったのだ。一時間ぐらいなら、たいして長くはない。このバス旅で近江路をいったときは、一日に一本というバスもあった。東京にだって、一日に一本というバスがあるそうだが、どこのバスかはわからない。

さて、宮島口はけっしてにぎやかなところではなく、たべるところもすくない。それでも、うろうろと見てまわり、ある店にはいったのだが、あとできくと、同行のKさんは広島のお好み焼を知らないそうで、その看板をだした店もあったのに、そこにいかないで、おしいことをした。

いまは東京にも広島ふうお好み焼の店があるが、関西のお好み焼とはつくりかたがちがう。関西のお好み焼は材料をみんなボールのなかにいれてかきまぜてから、それをぼとっと鉄板の上におとす。

広島のお好み焼は、まず、水で溶いた小麦粉をお玉杓子ですくい、鉄板の上にまるい円をえがく。そのときお玉杓子の底で、くるくるっと円型をつくるのがおもしろい。そして、その上に肉や玉子、ときにはエビ、イカなんかをのっけて、それに戦後はキャベツをやたらにたくさんいれ、また水に溶いた小麦粉をトップにかける。

じつは、これはぼくが呉にいたときには見慣れたもので、お好み焼なんて名前ではなく、一銭洋食とよばれ、駄菓子屋の店さきに鉄板をおいた、子供用のものだった。それを、大人がたべだし、広島ふうのお好み焼って名前にかわった。

広島の中心部のごちゃごちゃ店がならんだあたりの、ちいさな汚い公園の裏に、お好み村という、バラックじみたバカでかい、たしか木造の建物があった。ここには、広島ふうのお好み焼が全盛のころには、三階あたりにまでびっしり店がはいってたらしい。しかし、ぼくがはじめてたずねていったときには、一階に三軒ぐらいしか店はなかったが、おもに若い人たちで混んでいた。

ここで、ぼくはお好み村の村長さんにもあい、お好み村特産のビールもおみやげにもらった。そのとき、近ごろでは、広島ふうのお好み焼に茹でたラーメン玉をいれるのが流行ってるということをきいた。

お好み村は広島の名物でガイドブックにはかならずのっており、ガイドブックをもって旅行する若者などが、ここにやってくるのだろう。しかし、ぼくがいったお好み村の建物はもうあるまい。あれはあまりにも大きすぎ、ぼろっちすぎた。しかし、広島で土地のお好み焼が大流行し、大人たちがむらがってそれをたべたというのは、太平洋戦争のまえからつづく飢餓状態を、戦後なん年かたってやっと脱出することができたという、涙がおちるようなこととカンケイがあるのだとおもう。

くりかえすが、もとはお好み焼などという名前はなく、一銭洋食とよばれていて、子供だけしかたべないものだった。やはり、鉄板の上に水で溶いたメリケン粉（小麦粉とは言わなかった）をお玉杓子で円をえがき、天カスなどをぱらぱらのっけた。いまの大人用のお好み焼みたいに、ごってり盛りあがるほど具がはいってるってことはない。そして焼きあがった一銭洋食は刷毛（はけ）でソースをつけて、古新聞紙にぺったんことのせる。一銭洋食がやわらかいと（つまり、メリケン粉を節約し水がおおいと）新聞紙にくっつく。それで、もったいないので、新聞紙ごとくちゃくちゃ嚙み、あとで新聞紙をまるめて口からはきだすなんてことは、しょっちゅうやっていた。また、一銭洋食に新聞の活字の跡がうつってるのも、よくあることだった。ニホンでは新聞の印刷もいまよりはうんとお粗末だった。これは過去のことだけど、二年まえチリのサンチャゴにいたとき、新聞を読むと、指のさきがまっくろになった。

ともかく、あの一銭洋食が広島名物のお好み焼になったとはねえ！　ぼくは甘いものはたべない子供で、一銭洋食は大好きだったが、ついでに一銭カツも好きだった。しかし、一銭が気にいってるのは、もともと貧乏性なのか。名古屋の中村遊廓には「一銭屋」という食堂があったが、あれももうなくなってるだろう。遊廓でぎりぎりまでお金をつかってしまい、さいごに残った一銭玉をにぎりしめて、なにかを腹にいれるというのは、これまた涙ぐましいではないか。いや、宮島口にはお好み焼の看板をだしてた店もあり、Kさんにたべさせたかった。

宮島口の厳島へのフェリー乗り場にバスが近づくと、海ぎわに大観覧車が空高くつったち、遊園地がある。しかも、平日なので、大観覧車はうごいておらず、ひっそりしている。ただ、広いローラースケート場に、人かげがまばらにうごいていた。

それをすぎると、HIROSHIMA BOAT の大きな文字が見えた。そのむこうに、濃い褐色のりっぱな建物もそびえるようにたっている。競艇場だった。宮島口は競艇場でも有名なのだ。

宮島口はまばらの店のならびなのに、名物の紅葉(もみじ)饅頭の店がおおい。それも、つぶあんもみじ、こしあんもみじ、チョコもみじ、チーズもみじ、くりーむもみじなど、いろんな種類があるらしい。フェリー乗り場の近くの大きな売店の建物にはいると、食堂のショーウインドウにあなご丼、あなご定食のサンプルがでていた。宮島名産あなご竹輪などの看板もある。宮島口があなごが名物だとは知らなかった。こんど震災にあった明石の魚の棚の市場にはよくいったが、ここはあなごで評判のようで、なん匹もならんで串にさしたあなごを、ごろんといっぺんにひっくりかえして焼いてるところなど壮観だった。明石の魚の棚はまことにあかるく、いきおいのいい市場だった。宮島口で明石がでてきちゃいけないが、このバス旅でも明石に一泊したし、阪神大震災のことが頭からはなれない。

タワー喫茶というのがある。海ぎわに高いタワーがあり、ここにのぼれば、足もとの宮島口だけでなく、海をへだてたむこうの、厳島や厳島神社のぼくが知らない風景が見れたかもしれない。結局、ぼくはオニギリを二コと玉子汁をたべた。Kさんは天ぷらうどん。だまって見ていると、Kさんは天ぷらうどんが好きなようだ。広島県はうどんの国。ソバは山でとれる貧しいたべもので、うどんはごちそうというふうにおもってる人たちがいる地方があるんだなあ。いや、それも昔のはなしか。

広電バスで宮島口を出発する。宮島口は広島の郊外の別荘地といった感じもある。なによりも、海を前にして、海のむこうには厳島もあるし、ながめがいい。ここにくるまでも、りっぱな家がおおかった。

ますや味噌の看板。これは別荘にはカンケイないか。別荘ふうの家のほかに、レゾナンス宮島、海辺の大きなホテル、堂々とした建物の中国電力研修センター。ちょうど潮がひいているのか、青い藻がびっしりついた海の地肌が堤防の下から波打際までつづいている。そこに、ちらりほらりと人かげがうごいている。青い藻に見えたのは岩海苔（のり）みたいなもので、潮が満ちれば海の水の下になる岩にくっついたそれを採っているのだろうか。このあたりの人には海べは裏庭みたいなものか。日にいっぺんは海にいくといったふうに。

ちいさな入江がある。入江の入口近くは崖になっていて、これまたちいさな丘が海のなかにつきでているのだろうか。じつは、バスの窓からは入江のむこうの海は見えなかった。それほど、入江の入口はおれまがっている。だから、入江のなかはしずかだ。それに、入江のちいさな海は浅いのだろうが、水は青くしずかに澄きとおっている。その海の水をかこむ入江の砂もしろい。

ぼくは瀬戸内海でそだったためか、このあたりの海の砂の色が好きだ。沖縄の伊江島の無人のビーチにいったとき、その砂がまっ白なのにおどろいた。珊瑚礁の砂の色だった。あんまり晒したように白く、ぼくは人骨の細片をおもった。

野坂昭如さんにつれられて、もと新潟県副知事のお父さんの家にいったとき、近くの海水浴場でみんなで泳いだが、そこの砂は鉄分をふくんでるとかで黒っぽかった。新潟市の土地の者は、黒い砂を美しいとおもうかもしれないが、よそ者のぼくはめずらしくもあり、またすこし気味がわるかった。このとき、なくなった俳優の殿山泰司さんとぼくが泳いでるのを見て、西瓜（すいか）が二ヶ海にうかんでるみたいだ、とみんなでわる口を言ったらしい。ふたりとも禿げ頭だもんね。

だいたい、日本海側、北にむいた海辺は砂がこまかい。鳥取市の砂丘、福岡市の百道（ももち）の海岸でも、こまかな砂のなかに、西新小学校などは埋れるようにしてたっていた。ただしこれは、やはり百道にあった西南学院中学部の、ぼくが一年生だったころのことで、たいへんに昔のはなしだが。

ともかく、北にひらいた海の砂などにくらべ、このあたりの瀬戸内海の浜べの砂は、そんなにこまかくて粉みたいではないし、ほどよい大きさの砂つぶらしい砂で、また、沖縄のビーチの砂みたいに、晒したように白っぽくもない。かと言って、きいろい砂でもなく、あわいベージュ、まことに砂らしい砂色で、だいいち、こういう砂を見ていると、ココロがなごむ。

アメリカには清潔で健康なアメリカの女のコって言いかたがあり、ペーパーバックスの通俗本なんかにはよくでてくる。アメリカの女のコがとくべつ清潔でもあるまいが、アメリカ人にとっては、子供のときから見なれている若い女性で、だから、清潔にも感じるのだろう。ところが、この入江のやさしい砂色の砂などは、清潔で健康なんて形容詞もわずらわしいほど、ぼくにはしたしいもので、千恵子ではないけれど、「あーっ、砂があった！」と入江の砂を見ただけで、ため息がでそうになる。

入江には人かげはない。モーターボートが一つぐらいに、和舟がいくつか砂浜にひきあげられ、あかるい海の水がぽっちゃんとある。どうってことはない入江だ。それがまたいい。

アサノセメントの工場。生牡蠣の看板。さっきの入江とちがい、ちゃんと堤防にかこまれた港。モーターボートもたくさんあり、漁船らしいのもならんでいる。しかし、入江の砂にひきあげられた和舟といった船はない。

海のむこうの厳島は、海からまっすぐ山がそびえたってるような島だ。それに、中国地方の山はひくく、とくに島の山はたいしたことはないのに、厳島の山もそんなに海抜はないかもしれないが、いやにごつごつかさなりあって高く見える。昔のニホンでは、山そのものが神聖視されたりしてたらしいが、厳島も神々がからだをよせあって立ってる島に見えたのかもしれない。山そのものなんかではなく、島ぜんたいが神さまの島で……。

そして、山々のふもと、島のわずかな平地に、海のなかにはみだして厳島神社をつくった。その厳島神社に参詣する近道に、平清盛は呉のすぐそばの音戸の瀬戸をつくった。ただ人力だけで土を掘り、海の運河をつくったのだ。音戸の瀬戸をわたるたびに、あそこだけ、海の底の色がちがっているのを、ぼくは感じていた。

浜毛保(はまけぼ)漁業協同組合、大野町。キグレサーカスのポスターがさがっている。なかなかしゃれたポスターだ。ぼくのテキヤの友だちで地元の祭礼(たかまち)のサーカスの親方をした男がいた。べつの友だちは芝居をやっていたのに、サーカスにはいった。バスがとおる道ばたに、りっぱな竹の林がある。サントリー宮島工場。

国立大竹病院の前をとおる。大竹市にはいったらしい。じつは、ここにくるまえにバスが砂浜のある海べにでて、湾が大きくはいりこんでるところがあった。そして、海のむこう（湾のむこう）に、たくさんの煙が見えた。高い煙突がいくつもあるのだろうか。だったら海ぎわに工場がならんでるのか。あれは、いったいどういうところか。ぼくが知ってる地名の土地か。いや、子供のときにぼくのおぼえた地名でも、そのころとは、まるっきりちがったものになってるはずだ。

大竹と言えば、大竹海兵団をおもいだす。海兵団は海軍にはいったばかりの水兵や機関兵が新兵教育をうけるところで地上にあった。呉は海軍桟橋（いまの中央桟橋）に隣接したところ。大竹の海兵団は戦争がひどくなってできたもので、もとは、海兵団があるのは横須賀、呉、佐世保などの海軍鎮守府があるところだけだった。それが急に大竹にも海兵団ができ、また、潜水艦の学校だか基地だかもできて、そっちのほうの人たちもしきりに大竹と言う。戦争中というのは、まったくおもいがけないことがおこるもので、新しい地名を、とつぜん、いろんな人たちが口にしだしたりする。大竹も戦争がはげしくなったころ、不意にぼくのまわりでさわがしくでてきた地名だった。

大竹市役所、三菱レイヨンの工場、西栄とか大竹栄町とかって名前が見える。バスが大竹の町にはいるまえ、いりくんだ湾の奥をはしってたとき、海のむこうに見えた、さかんにケムリや、それを吐きだす煙突は、このあたりの工場のものだろうか。いや、ちょっとはやいような気もするけど。わりと大きな川をわたる。小瀬川というようだ。どの川も河口に近く、海に近い。

どうも、大竹と岩国とはつながっているらしい。岩国大竹工場なんて看板も見える。岩国港。ここは工業港のようだ。大きな船も接岸している。赤と白が段々になってのびている煙突。ぼくが子供のころの煙突はすっきり一本、空高くそびえていたのに、近ごろの煙突は、まるで熱帯樹のガジュマルの根っこみたいに（ほんとは、それほどでもないけど）ふといパイプがからみあって、それで煙突になっている。日本製紙の工場、昭和橋、岩国駅。バスの終点。料金６４０円。

うーん、この駅はうんとまえは岩国駅とは言わなかったんじゃないかなあ。ぼくが子供のころの（たびたびであいすみません）岩国駅は城下町の古い岩国の町にあったような気がする。こんな海っぱたの工場がおおいみたいなところではなく、ここは東岩国駅とかなんとかって名前じゃなかったのかなあ。それが、とつぜん岩国駅にかわった。戦争中のことだ。まったく、戦争中はとんでもないことがおきた。いまでも、戦争のときは、Anything could happen と考えてる推理作家などがいて、ややこしい事件の動機を戦争中におきたことがらにしたりする。こんなのはたいへんにこまる。腹がたつ。ところが、そういう作家が世の中では尊敬されている。

古い岩国の町は小京都などとよばれ、これも京都の真似をしたのか、朝食に茶粥をたべたりした。もっとも、小京都という町はあちこちにある。その土地の人たちは自分の町だけだとおもってるが……。

ともかく、このあたりは戦争中の新興地だった。海（湾）のむこうにわーっと煙突がたち、工業港があるようなところが小京都の岩国を名のるのは（騙るのは）しゃらくさいのうと、昔の岩国の老人ならなげきそうだ。

有名な推理作家がミステリの動機にしてるようなことこそなかったが、戦争中にはほんとにバカらしいこと、考えられないことがあった。この岩国あたりでも、やはりぼくが子供のころに、岩徳線という鉄道があらわれた。岩徳とは岩国と徳山のことだ。それに、岩国からはずっと南にさがった柳井を山陽本線がとおったりした。これはとんでもないことのように、ぼくはおもった。

ところが、念のためみたいな気持で、地図をひらいてみると、いまでも、山陽本線は柳井をとおってるみたいなのだ。もともとは、山陽本線は柳井経由で、それが戦争中の一時期、岩徳線が山陽本線になっていたというのがほんとだろうか。

岩国駅のすぐ近くの、きものセンター京都。駅前の居酒屋「忍者」。鈴峯女子中学校、鈴峯女子高等学校、鈴峯女子短期大学のポスターがはってある。駅のはしのトイレにいったかえりに売店をのぞくと、ポンカンを売っていた。お菓子屋のANDERSEN。

駅前から錦帯橋にいく市バスにのる。バス料金240円。中央通、裁判所のあたりもとおる。制服サンワ、大きな店だ。東京から遠ざかると、中、高校生の制服の店が目立ち、また列車などにも通学の若い人たちがおおい。高野山スズキなんて看板がある。こんどの山口県から九州の福岡にかけてのバス旅では、高野山というクルマ販売店をなんどか見かけた。そんなクルマ販売店のひとつに、こんな宣伝文があった。低金利時代到来、長期支払六十回。

麻里布、岩国公共職業安定所、ベルサイユHOTEL。こういう名前のラブホテルは、ほんとにニホンじゅうにたくさんある。

瓦屋根をのっけたきれいな土塀がつづき、なんだろうとおもってたら、学校の校庭だった。こんなのを二度は見た。ぜいたくな塀だが、岩国の町の人の好みなのだろうか。あゆ料理、おちついたいいお邸もある。

錦帯橋が大きいのにはびっくりした。戦争がおわってからも錦帯橋にはきている。このあたりはイギリス連邦軍の占領下だったし、アメリカ兵もふくめて、占領軍のイタズラ兵士たちがジープでアーチ形の錦帯橋をのぼりおりしてこまる、なんて通訳もやったかな。

いや、そのときにも見た錦帯橋はちまちまっとした感じだったが、いやはやでっかい。木造の橋で、こんなに大きな橋は、いまではほかにはないのではないか。事典によると一九三メートルもあるそうだ。それが五つのアーチにわかれている。錦川と言うのだそうだが川幅も広い。それをどうして、箱庭式のちいさな橋みたいにおもったのか。そのころのニホンには、けっこう長い木の橋があったのか？　呉市のうちにはいる広の大川にかかった橋なども、かなり長かったかもしれない。ともかく、記憶というものは、まったくあてにならない。

錦川は水は深くはなさそうだが、さらさら清らかそうに流れている。錦帯橋のむこうには、こんもり木がおいしげった山がそびえ、ケーブルカーがうごいていた。山頂の右てのほうには、お城がちいさく見える。はるか高いところにあるお城だ。四国の松山のお城も、町のまんなかだか山の高いところにあった。いまは観光客もすくないころだし、なんだか、あのお城はさみしそうだ。

まえにはなかったが、鵜飼もやるらしい。岩手県の陸中海岸にいったとき、荒い波が打ちよせる断崖の上の岩にとまってる鵜をゆびさして、「あんなのをつかまえて、鵜飼の鵜にするんですよ」とおしえてくれた人がいた。しかし、海ぎわに屹立する断崖の鵜を、どうやってとらえるのだろう。オーストラリアのシドニーの波おだやかな海辺のレストランで、海のなかにつきでた木の床のテラスでワインを飲んでたとき、すぐ近くの海面で鵜がおなじ魚を吐きだしては、またのみこんでいた。魚はカワハギで、英語ではジャケット・フィッシュと言う。ジャケットを着こんだように皮が厚いので、鵜がのみこんでも消化しきれず、またはきだしてるのだとのことだった。大きな湾のなかの、またはいりこんだ入江のレストランで、陽はうらうらと、ほとんど波のないあかるい海面で、鵜がひとりであばれてたところだけが、まるく、だけどちいさく波がひろがっていた。

錦帯橋からは徳山行の防長バスにのり、日がとっぷり暮れてから徳山駅前につき、地下道を二つもとおって駅裏のホテル・サンルート徳山にはいり、すぐホテルをでて、駅近くの「とり幸」で飲んだ。この店の女性に、「岩国の錦帯橋にいったのなら、あそこには、からだが白くて目が赤い蛇がいたでしょ」と言われ、子供のころにそんなはなしをきいたことをおもいだした。でも、もちろん（と威張ることもないが）ぼくたちはそんな蛇は見てはいない。

それどころか、ぼくは川っぷちにたって、錦帯橋をつくづくながめてただけだった。黒い革のジャケットを着たKさんが、まるく高く太鼓橋になった錦帯橋のアーチをのぼっていき、その姿がちいさくなるのも、ぼくは感慨をもって見ていた。

徳山行のバスは、錦帯橋のてまえで右にまがり、川にそった通りをはしりだした。錦帯橋のあたりはかなりの川幅だが、すぐ川がせまくなり、また川がカーブしてるところは、水流におされてか、川岸がぐーんとえぐれて、川幅が広くなる。そして、バスがはしっていくすぐそばに竹林がある。宮島口から岩国にくるときも、東京にはない竹林に感心したりしたが、このあたりの竹林はもっと奥深く、のぞくとうすぐらい。あ、川のむこうにも大きなすごい竹林がある。川原のかわりにわーっと竹林になっている。

バスが川を見ながらはしるとうれしい。しかし、川っぷちを、川の流れを下に見ながらいくってことはめずらしい。ここだって、たいへんにみごとで、見ていてほれぼれするほどの竹林だが、通りと川とのあいだにそんな竹林があったりする。つまらない雑木がはえていたり、畑があることもある。

こんどのバス旅でも、なんどか川ぞいにバスははしった。しかし、海をながめながらバスがいくと、もっとうれしい。これだって、地図を見ると、海岸線をバスがはしるようだけど、バス通りと海とのあいだに、わずかに五十メートルでも、そこになにかたってれば、もう海は見えない。

たっぷり海を見ながらバスがいくなんてことは、ほんとにめずらしい。まえは、呉と広島のあいだが、全線ではないけど、よく海が見えた。戦争がおわるまでは、呉―広島間にバスなんかはしっていない。戦後のことだ。戦争中、呉―広島間の呉線を複線にしようと工事をしていた。鉄道も海岸線をはしっている。呉―広島間の海ぞいの通りをバスでいくと、掘りかけて、入口もくずれかけ、そして五十年以上の歳月がたった、複線のトンネルの跡が、ほんとに無残にあちこちに残っている。さかんに工事をやっていたころと、この無残な光景とがかさなりあって、ぼくはよけいむごいものを感じる。

しかし、こんどのバス旅では、おもいがけなく、西条から呉にいくことができたけど、バスが呉駅をでるとすぐ、ぼくの知らない長いトンネルにはいってしまい、トンネルをでたときには、天応もすぎた呉ポートピアランドのあたりで、吉浦の海はちょっぴりだが、ぼくが定期券をもって泳ぎにいった狩留賀(かるが)、そして天応への、すばらしい海のながめは見ずじまいだった。便利なことは、景色のたのしみをうばうようだ。

　錦川がせまくなり、そして消えてしまった。下多田、上多田なんてところがある。新岩国駅というのは新幹線の駅だろうか。新岩国の駅をすぎても、生コンとかセメントとかの工場がぽつりぽつりとある。こういう工場がこの地方ではさかんなのだろうか。

　山がせまり、いつの間にか、バスは山のなかをはしっている。山と山とのはざまに赤い太陽がしずんでいく。バスは西にむかってるのだ。陽は西にしずむ。ぼくが子供のころは、中国地方の山々は岩石ごつごつの禿げ山だったが、それがみどりときいろや赤の紅葉がまじったパステル画の山になったことを、このまえの中国路のバス旅では、つくづく感じた。いま、西にむかうバスの真向うに見える夕陽の赤さも、ぎらぎらとかがやいてはおらず、山々の色あいもふんわりした褐色の毛糸のようで、やはりパステル画の太陽になったのか。

　バス通りのみつかん屋。錦橋、保木橋。消えた川がまたあらわれる。川をわたる。川にそった道は、なんども川にかかった橋をわたるものだ。そのたびに、川が道の右になったり、左になったりする。川がちょろちょろの流れにかわったり……。あれは、べつの川になったのかな。

土生。この地名はニホンじゅうあちこちにある。尾道の近くの因島にもあった。かぐや姫というネオンがついてるのは山のなかのラブホテルか。皇牧場の皇牛という看板がある。玖珂町、瀬田工業団地、きじ料理、坂の茶屋。バスが山のなかをいくときは、左右の山はもうせいぜいシルエットになって闇に溶けこみ、空だけがうっすらしろい。通りの左に鉄道の単線のレールが見える。このときは、山陽本線が海ぞいの柳井のほうをとおってるとは知らず、あとで考えるとこの岩徳線が山陽本線だとおもいこんでいたので、「へえ、山陽本線は単線なのかなあ」と頭をふった。ふつうならば、首をひねるところだが、あれはあんがいとむつかしい。だから、不器用なぼくは、首をひねるかわりに、頭をふる。

高森高校、お菓子屋のタカラブネ。マリと（とつぜん、こんな名前がでてきてあいすみません）神戸にいたときも、このチェーンのお菓子屋さんを見かけた。東京にはないチェーン店みたいだが、ぼくはお菓子屋のことはよく知らないので……。

イワテケンや北海道のことはわからないけど、ニホンではバスやクルマではしってるとすぐさみしいところをとおりぬけ、集落にでる。ところが、オーストラリアのシドニーやメルバン（メルボルン）とは大陸の反対側のインド洋岸のパースにいたとき、北のほう（暑い地方）にクルマでいったことがあったが、半日はしってるあいだ、ほかのクルマにはぜんぜんあわなかったり……。

いや、岩国から徳山へのバスも、人けのない山のなかなどをしばらくいくと、もう町になり、高校があったりする。とくに、あちこちにゴルフの練習場があるのにはおどろいた。

さて、こんどもなんどか山のなかにはいり、そろそろ、その山もぬけるんじゃないかというときに、かなり急な勾配になったところで、みょうなものにぶつかった。バスがいく、まがりながらくだる坂の、上のほうの林にも、下の木々にも、赤いものや、でっかい文字を書いた幕がむすびつけてあって、なんだかにぎわっているのだ。お囃子のような音楽も音はよくないが、林の木々のあいだにながれている。きょうは山の神さまのお祭りなのだろうか。ところが、こんなふうににぎわっているようで、林のなかにも人がいっぱいいるかというと、いないんだなあ。いや、バスの窓から目をこらして見ても、だーれもいない。ひと一人見えない。

これも、徳山につき、駅の近くの「とり幸」で店の女性にたずねて、はじめてわかった。村の木にむすびつけた幕のなかに、山賊、という文字があり、山の祭りに山賊はへんなので、そのことを口にすると、「ああ、山賊」と店の女性はわらいだした。「山賊」という名前のレストランなのだそうだ。しかし、山のはしのほうとは言え、林の奥にレストランとはおそれいった。しかし、そこの山道をくだりきり、平地にでると、もうクルマが渋滞していて、徳山市内にはいるまえに、またひとつ、「山賊」レストランがあった。

バスがはしる通りのよこに、柳井―松山という大きな看板が見える。四国の松山にわたるフェリーの看板だろう。これが岩国だと、岩国―松山という看板だった。そのまたむこうでは広島―松山。呉では呉―松山だ。まだ船がちいさかったころ、ぼくもなんどか船で四国の今治（いまばり）や松山港の三津浜にわたった。「山賊」みたいに山のなか、林のなかのレストランというのはめずらしいが、いまでは、まわりは田畑みたいなところに、ぽつんと大きなレストランやパチンコ屋、なかには大きな本屋もある。近ごろふえたのは大きな洋服屋だ。防長交通本社、桜馬場、徳山市役所。岩国の錦帯橋―徳山駅のバス料金は850円。

徳山駅前に白い塔がたち、それに赤い大きな文字で「水不足　水の節約に御協力ください　市水道局」と書いてあった。東京の人たちには想像もできないことだが、この徳山などの山口県の都市、松山等の四国の町、九州の佐世保や福岡なんて大都会でも、いまだに水道の時間給水がつづいてるときく。阪神大震災でもそうだが、地震の災害からほんのちょっとはなれたところにいると、身近にひしひしとは感じないものだ。

駅前にいくつか屋台がある。これも九州とおんなじだ。福岡の那珂川べりの天ぷらの屋台をおもいだす。小倉にも繁華街の魚町（うおまち）あたりに大きなラーメンの屋台がある。しかし、ここでは酒はださない。徳山駅の前の屋台は、のぞいてみたが、酒壜がならんでいた。

まえは、下関と門司、せまい関門海峡をへだてただけで、汽車にのっていても、山口弁と九州弁と、言葉までがらっとかわっていた。それがいまでは、福岡と山口の経済圏みたいなものもできてるらしい。さいしょは鉄道の関門トンネルがとおり、関門橋までできて、山口県と北九州とは陸つづきになったのだろうか。

ホテル・サンルート徳山からあるいて、駅のすこしむこうの「とり幸」にいく。カウンターと小座敷のある小料理屋だ。同行のKさんがこのあたりの瀬戸内海の魚の刺身の盛りあわせを注文する。それに、ぼくは小鉢のオバイケをたのんだ。オバイケは鯨の白身を晒したもので、辛子味噌でたべる。関西ではオバケという。ぼくが子供のころの呉の町では、自転車のうしろに木の箱をのっけたオバイケ売りが、そのなかにオバイケをいれて、なん人も町をはしっていた。町の風物詩でもあった。

ぼくは鯛のあら炊きをたべる。たっぷり身（み）がある。瀬戸内海名物のめばるの焼き物、煮物。「徳山にきたら、酢がきをたべにゃーね」と店の女主人が、養殖の牡蠣にくらべると、うんと小粒の天然牡蠣を小鉢でだしてくれた。中国地方では、東京のかき酢が酢がきになる。まえに、さよりなんかの瀬戸内海の魚の盛り合せをたべたので、せぐろは刺身にしないで天ぷらにしてもらう。せぐろは小イワシで、背中のところが一筋ほんとに黒い。小イワシしか刺身にしない。ついでだが、さよりの刺身はまことにきれいだ。せぐろの天ぷらはイワシ独特の、ほのかな生ぐささがあって、たいへんにおいしかった。

「とり幸」は徳山に赴任してる支店長などが、自分のお金で飲むような店らしい。それらしい人にもあった。あかるくて、気らくで、それでいて上品な店だ。女主人はもとは北九州の人で、こちらにうつって、もう長いらしい。

女主人がカウンターの上にちいさな草の束をさしだした。山で採れるわさびの茎と葉だそうだ。せいぜい十センチぐらいだろうか。みどりの色ではなく、みずみずしく青い。「わさびの茎と葉はね、このままの生では、ちっともからくないんです。ところが、七五度ぐらいのお湯でゆがくと、わさびがおこってね、ひりひりっとからくなる。七五度ぐらいが、わさびがいちばんおこるんです。それをお醤油で煮るのね。この店の名物の料理なんですが、今夜は間にあわなくて、ごめんなさい」女主人は北九州訛りがのこる山口弁で言った。まえに、おなじようにわさびの茎と葉を醤油で煮たものの瓶詰めをたべたことがある。広島県の山間部でつくったものだということだった。神戸に住んでるマリが広島で就職してるどこかのオジさんをたずね、おみやげにもらってきたものだった。そのオジさんの部屋には布団はひとつしかなく、いっしょに寝た、とマリははなしていたが……。

「とり幸」をでて、駅から遠ざかるほうに二ブロックばかりあるく。たくさんバーなどがある。ニホンじゅうのあちこちの町で、人口の割りにはバーやスナックがおおい、ニホン一だみたいなことをきいた。しかし、みんな似たりよったりだった。でも、徳山はバーがおおい。このまえ泊った広島県の福山なんかとはくらべものにならない。福山のほうが人口は倍以上だろうに。

たくさんあるバーやスナックを、ぶらぶら見てあるき、いってかえって、そのなかでもいちばんヤボったそうな、「アルプス」というドジな名前の店にはいった。ぼくとしてはシャレのつもりで、「ここによってみるかい?」と同行のKさんに声をかけたのだが、「はいりましょか……」とマジにこたえられてしまった。

店のなかはまことに簡素なもので、カウンターのうしろの棚にならんだ酒壜もすくなく、バーとかスナックの色けみたいなものはまったくない。ただ、いろんなたべものの紙の札（ふだ）がずらずらっとたくさんならんでいた。たべものと言っても食事だ。いちばん高いさいころステーキと焼飯の定食が千円をすこしこすぐらいで、みんなたいした値段ではない。

カウンターにいるのはママひとりだったが、これもごくふつうの奥さんといった人柄だ。ウイスキーの炭酸割り、この店には似合いそうな、昔ふうのハイボールをつくってもらい、奥さんとあれこれはなしたのだが、夕方、このあたりのバーがはじまるまえに、店の女たちが食事をし、その出前が、このバー（スナック）のおもな仕事らしい。ほんとにかわったバーだ。

それでと言っちゃわるいけど、Kさんは鮭茶漬けを、ぼくはベーコン・エッグなんて朝食みたいなものを注文した。ベーコン・エッグにはふっくら厚いトーストがついていて、これにたっぷりバターが塗ってあり、夜ふけてたべたためか、やたらにおいしかった。あんなにおいしいものは、ひさしぶりにたべた。徳山のバーでたべたトーストがとくべつおいしかったというのも、ふしぎなことだ。

このバーの奥さんのはなしによると、近所の雀荘への出前がおおいらしい。東京ではマージャンをする人がすっかり減り、「だいいち、学生がもうマージャンをしなくなってますよ」なんてきいた。しかし、この徳山ではあいかわらず雀荘はにぎわってるらしい。東京と徳山とではちがうのか。

翌朝はホテルで和食のバイキング。和食のバイキングははじめてだ。ほんとにちいさな鮭の焼いたのを二つとってくる。玉子はスクランブル。

午前十時発小郡(おごおり)行のバス。山口、湯田温泉をとおっていくそうで、ホンマカイナとうれしくなる。山口にいくときは、山陽本線の小郡でおりて、支線にのりかえたものだ。それが、逆に山口、湯田温泉経由で小郡にいくなんて、すごいトク。

ホテルのとなりはすこしスペースをおいて、りっぱな建物がたっていた。ハピネスと明城という看板が見える。デパートみたいにショウウインドウがあり、しゃれた飾りつけがしてある。これがパチンコ屋だった。表からはパチンコ台が見えないパチンコ屋もあるのだ。とくに地方では、パチンコ産業はたいしたものらしい。

市役所前、徳山郵便局、新宿という地名もある。回天記念館。人間魚雷回天は徳山の名物みたいになっている。しかし、つい最近読んだ雑誌に、人間魚雷回天の光基地という文字が見えた。人間魚雷回天の訓練地は徳山からは瀬戸内海東南の光市にあったのかもしれない。光市も戦争中にうかびでた地名だ。徳山は帝国海軍の燃料廠があるので有名だった。

徳山の西どなりは新南陽市。はじめてきく地名だが、たとえば東京のすぐ近くの蕨の市役所なんかにくらべると、ぐーんと大きな市役所なのにおどろいた。

そして、防府(ほうふ)市。ここで、ストリッパーのジプシー・ローズが死んだ。ジプシー・ローズが防府にいくまえ、浅草の「がま口」と吉原の新五十間のバーでいっしょに飲んだのをおもいだす。

山口と湯田温泉はもとははなれてたのに、町つづきになっていた。小郡から直接下関にいかず、南下して宇部を経由したのははたのしかった。宇部ははじめての町だ。

宇部から下関。これもはじめての関門橋をバスがこえる。海面がはるか下に見え、きらきら陽の光にかがやいていた。門司港駅、そして小倉の夜。あくる日は、海老津、赤間とバスをのりかえて、福岡市の天神へ。

山陽道から火の国へ

海峡の橋をわたって

まえのバス旅のおわりと、こんどの旅のはじまりが、成瀬巳喜男の映画の画面みたいに、かさなりあい、オーヴァーラップする。それも、ただ過去からいまへと、べたっとつながるのではなく、過去はひたひたとおしよせるくらい波みたいに質量的で、それとはまったく逆の方向から、将来、いまをつらぬいて、非質量的な稲妻か閃光のようなものが（それだって、科学者は質量的というだろうけど）さしこんでくる。

徳山からのった防長交通バスは、山口にはいり、湯田温泉をとおって小郡（おごおり）につき、山陽本線でいけば、小郡で山口行の列車にのりかえるところを、いったん北にあがって南下したわけで、ぼくはまったく予期してなく、すごくトクをしたような気になった。

ひくい山のあいだをぬけて山口の市街にはいったが、山口はほんとにしずかな町だった。県庁のまわりにいっぱい咲いてる花までが、色もかたちもあかるくて、たくさんあるのにしずかだ。県庁のなかの古い建物はしずかで、明治の昔をしのばせた。

山口の町なかには、あちこちに講演会のポスターがはってあり、講師女優浜美枝と書いてあった。浜美枝は007映画のいわゆるボンド・ガールもやった女優さんだが、講演もじょうずなのだろうか。

昭和十九年の暮、ぼくは山口の連隊に入営し、その前夜は湯田温泉の旅館に泊った。また、旧制山口高校にいっていた九大名誉教授の村瀬一郎も湯田に下宿していて、近くの池や田圃でないている、野生の食用蛙の牛みたいなひくい声がさみしい、と言っていた。いま、湯田は山口の町とははなれた田圃のなかどころではない。山口のダウンタウンといった感じだ。スミス・ハイヤーなんてのがある。また、外郎（ういろう）の看板もたくさん見た。ういろうは名古屋のものだとおもってたが、山口の名産でもあるらしい。

小郡からまっすぐ下関にいかないで、南にさがって宇部に寄ったのはうれしかった。わりと広々とした田圃や山のなかをとおり、海を見たときは、ココロが洗われるようだった。宇部岬、宇部港、厚東川。料金950円。

宇部中央から下関行のバスにのりかえる。料金1260円。町つづきで小野田市になる。地酒いのうえ。西京銀行、広島綜合銀行、九州動脈便なんてトラックがはしってる。庭に柑橘類の木がある家が目につく。居酒屋「樽」、おでん「里」、小料理「あんらく」、小野田市民病院、小野田市役所。石鎚神社もあった。おなじ瀬戸内海の広島県の呉でそだったぼくには、おなじみの名前の神社だ。四国の石鎚山の流れをくむ神社だろうか。呉には石鎚山という山まであった。

小野田市をとおりこして山陽町。十年保証住宅というのは、十年しか保証しない住宅ってことか。バスが町なみをぬけて、畑のあいだをはしってるとき、とつじょ、畑のはしに石の鳥居があった。山陽オート、下関ボートの大きな看板。

バスが小月(おづき)駅のほうにはいりこむ。そのかえりに、バスが待合所の前にとまってるあいだに、いそいで、待合所のトイレにいく。日清食品下関工場。山口県のとくに田舎では、屋根瓦のはしを白く縁どった、まるで瓦が白い鉢巻をしてるみたいな屋根瓦の飾りをよく見かけたが、下関の市街地にはいると、そんな屋根瓦は消えた。ところが、福岡県になると、また、そんな屋根瓦があらわれて、なくなったり、あらわれたり、熊本県の南部まで、それをくりかえしたが、鹿児島県ではやっと見えなくなったようだ。

長府警察署、赤と白のボディの私鉄の電車。ブリヂストン下関工場。下関に近づいて、海っぱたにでた。海のむこうの陸地は九州だろうか。壇の浦古戦場。でっかい橋が海の上にかかっている。本州から九州にわたる橋なのか。

バスが終点の下関駅についたときは雨だった。湯田温泉のところでも言ったが、山口県のこのあたりは食用蛙が名物なのだ。下関の飲屋街はにぎやかでくらくさみしくて、独特の情感があったが、その飲屋街のはずれの焼鳥屋で、食用蛙を焼いてもらったことをおもいだす。ふつうの蛙よりうんと長い脚で、まっ白な身だった。

ぼくは地元の呉の中学校の入試に落ちて、福岡の西南学院中学部にはいった。一九三七（昭和十二）年で、そのころは関門連絡船にのった。いま考えると、呉から下関までの列車の旅はたいしたことはないみたいだが、当時は汽車がトンネルにはいると、煤煙がわーっと車内にたちこめ、目にも煤がはいったりしてたいへんだった。だから、長い汽車の旅のあとで、連絡船で海の上をいくときは、ほんとにホッとして、深く潮の香を胸に吸いこんだりした。冬の寒い日でも、その寒さがすがすがしく、気持がよかった。

下関駅では、汽車のプラットホームから連絡船の桟橋までがやたらに長く、そこに、特高の刑事たちが列になってならんでいて、うちの父に、「もう調べはおわりましたか？」ときいた。呉から下関のあいだの汽車のなかで、かならず、特高の刑事が父のところにきていた。下関からは関釜連絡船もでていて、大陸に逃げる思想犯もいたのだろう。

一九四二（昭和十七）年に、ぼくは旧制福岡高等学校に入学したが、この年か翌年に関門トンネルが開通し、これは画期的な大事業だった。それまでは、関門海峡は連絡船にのりかえてわたり、いまの門司港駅が門司駅だった。

下関からはサンデン交通のバスにのった。いまでも、下関と門司とのあいだには船がかよっている。下関の飲屋で食用蛙のヤキトリをたべ焼酎を飲んだときも、翌日、船で門司にわたった。こんどの旅でも、関門海峡ぐらいは船で海の上をいってもいいとおもってたが、同行のKさんがバスのキップを買ってきてしまった。

ところが、このバスが、下関にきたときの海ぞいの通りをもどってるみたいなのだ。だとすると、海の上に空高くかかった関門橋をいくのだろうか？　通りも坂になって、だんだんのぼっていく。いまの海にかかった大きな橋は、橋をわたりだすまえに、かなり高いところまであがらなきゃいけない。

関門橋ははじめてだ。船で関門海峡をわたるのもわるくはないが、なにしろ、関門橋は、それがあることも知らなかったし……。あれっ、バスがいく通りが、またさがってきた。さがって、さがって……関門の自動車トンネルにはいってしまうのか。いや、そのほうが常識的で……。

と、あきらめているうちに、通りはさがりきり、トンネルの入口も見えたように錯覚したが、またぼちぼち上り坂になってきた。そして確実に高みにのぼり、バスは橋の上をいきだした。

ちょうどそのとき、雨雲が裂けて、陽がさしつらぬき、橋の上から見ると、はるかに下のほうの海面に、きらきらと陽の光がおどっていた。ぼくはいくつもの海にかかった大きな橋をわたったが、どの橋も水面からは高いところにあった。しかし、この関門橋はそのなかでもうんと高いほうだろう。ドイツのバルト海のキール（軍港として有名だった）から大きな連絡船にのり、デンマークのランゲラン島にいったとき、島と島とをつなぐ橋をわたったが、その橋がやはりはるか下のほうに海面があり、陽の光がおどっていたのをおもいだす。ランゲラン島のことを、おなじ北ドイツの北海に近いブレーメンに住むうちの娘の亭主のディルクは、「長島」と言って、ニヤッとわらう。長い島という意味らしい。

終点の門司港駅は、ニホン全国の駅のなかでも、ぼくがいちばん好きな駅だろう。京都の二条駅とか、東横線のかつての田園調布駅だって、駅の建物のかたちはちょっとおもしろかった。でも、どちらの駅も、駅に出入りする乗客の数がすくないことが、建物のかたちのおもしろさをなりたたせていたのではないか。乗客がおおいと、建物のかたちなど目につかない。どちらの駅も閑散とした景色のなかにあるのが似合っていた。

しかし、門司港駅は、ついさっきも言ったように、鹿児島本線の起終点の門司駅だった。ここから連絡船もでていた。乗客の出入りもおおい、だいじな、大きな駅だった。それが門司港駅として残り、昔の建物はそのままに、ゆったり古びて、いまでも現役ではたらいている。

ビスマルクの時代につくったというブレーメンの鉄道駅、ムッソリーニのころのミラノ駅ほど大きくはないが、門司港駅の実用のための大きな木造建築がなんとも言えない。かつて、東映の任侠映画で、古い時代の博多駅として、この門司港駅を撮影につかってたことがあった。そんな映画さえ古いものになって、もう見られない。ただ、門司港駅だけは鉄道の幹線からはずれ、古い建物のままでいる。男便所と女便所の入口のあいだに、どでーんとおかれた金属製の大手水鉢（ちょうず）を見ただけでも、あの殷賑な門司駅がしのばれる。たいへんにぎやかで、しかし、いまの駅にくらべるとさみしかった門司駅がそこにある。

神戸の異人館はこんどの震災で見れなくなったらしいが、下関にも異人館があるようだ。下関駅から門司港駅までのバス料金は380円。そんな料金で関門橋の上から海をながめ、また門司港駅の建物や便所の大きな手水鉢を見ることができるのは、観光コースで高い金をとられるのにくらべれば、どんなにうれしいことだろう。ドヤドヤみんなのあとにくっついて見物するのではなく、自分でかってに行動し、自分の目で、自由にのんびり見れるというのは、かけがえのないことだ。

門司港桟橋通りから戸畑（とばた）渡船場行の西鉄バスにのる。西鉄というのは大きな交通会社らしく、福岡県のあちこちでのったバスは、みんな西鉄バスで、それどころか、大牟田からおとなりの熊本県の荒尾にいったバスも西鉄バスだった。

門司はほそ長い町で、右ての下のほうに海が見え、バスはいくらか高いところをいく。だが、じきに海は見えなくなった。門司駅、鳥越、手向山、赤坂、砂津、小倉駅前でバスをおりる。ホテルは東急イン。

戸畑から若松へは有名な若戸大橋がかかっているが、その下をフェリーもかよってる。渡し船と言ったほうが似合いそうなちいさな船で、自転車をもった人がおおかった。ぼくがそのフェリーにのったときは料金が二十円だったが、それがこんど三十円に値上げになったとかきいた。ただし、十円玉を二つもってなきゃいけなくて、それを料金箱にほうりこんだ。たしか、戸畑の渡し場まではチンチン電車でいった。小倉、八幡、戸畑あたりは、いまでも市内電車がはしっている。

河豚（ふぐ）がたべたい、と同行のKさんが言う。東京でのフグはたいてい下関あたりから送られてくるときいた。しかし、下関は水揚げ港で、ほとんどが韓国海域でとれたものらしい。

福岡、博多ではフグという。下関でもフグだ。ところが、そのあいだの小倉ではフク。しかし、こんどのバス旅で下関をとおるとき、フクという看板を見た。フグの本場では、フグではなくフクと言ってるという神話が広まったのかもしれない。博多と福岡のちがいも、もとははっきりしたものだった。博多は那珂川から東のほんとにせまい商人町で、鉄道の博多駅のあるところは、それこそ博多よりで、博多区と名前もついてるけど、博多とはよべない田舎だった。それがいまでは、博多という言いかたがカッコよくひびくためか、とんでもない八女（やめ）郡あたりの連中まで、博多っ子だと自称したりする。ともかく、フクというよび名は、せまい小倉だけでなく、もっと広くなるだろう。

さて、小倉のどこでフクをたべるかだが、名前は忘れてしまったけど、かなりすごい料亭の二階の座敷でフクをたべたこともある。じつは、フクの季節になんども小倉にきている。競輪場のはじまりは小倉からで、その小倉競輪場の年に一度のお祭りに、テレビのゲストとして、毎年よばれていたのだ。「田川」というホテルに泊ることがおおかったが、小倉の繁華街魚町（うおまち）に近く、チンチン電車がとおる道を左のほうにいくと橋があって、潮が満ちてるときは、ひたひたと海の水が橋の下にあり、河口も見わたせて、ぼくはすごくいい気分だった。いや、こっちのほうに、フクを食べさせるべつの店があって、高級料亭なんかとちがい、庶民的という言葉はいやだからつかわないけど（だいいち、ぼく自身が庶民なんて社会的身分をもった者ではない）、たくさんの客がいる、ざっくばらんないい飲屋だった。

ここで白状しなければいけないが、フク料理専門の料亭もこの飲屋も、ぼくは名前をおぼえていない。名前は世間ではたいへんにべんりなもので、あるものやことがらにある名前をつけることが、学問ないし社会的ないとなみのすべてみたいな論議が哲学上でもあった。つまり、あること、あるものを分類し、他との関係において位置づけ、名前をあたえるのだ。しかし、その名前がわからないんじゃ、ほんとにどうしようもない。

秋田にいったとき、町の中心の飲屋街ではないところで、ちいさな、ちらほらとおいしいたべものもある、いい飲屋にはいり、そこでいくらか飲んでから、ま裏にある銭湯にいき、またしばらく飲んで、ほかの飲屋もまわり、そこで紹介された旅館に泊ったのだが、「そんな飲屋、知ってる?」とつぎに秋田にいったとき、タクシーの運転手さんにきいたら、「その店の名前も、その店があった町名もわからないんじゃ、さがしようがありませんよ」と苦笑された。

でも、ぼくはものの名前もおぼえないし、逆に、名前を消すようなこともやっている。しかし、そういうことはべんりさとは反対で、たいへんにまどろっこしい。いや、小説を書くというのは、やたらにまどろっこしいことだろう。

こんどの小倉の夜でも、タクシーにのったが、店の名前も町名もおぼえてないのでは、どうしようもなかった。タクシーでぐるぐるっとまわり、しかたがないので、あるところでおりたが、どうも、そのへんに、あのフクをたべさせる店があったような気がした。で、雨のなかを軒下に立って、ぐずぐずしていたのだが、「どげんしたと?」と酔っぱらいのオジさんがやってきた。それで、こんなフクの店が……とはなしたら、「うん、そこにあった」と通りのななめ前をゆびさし、そこは区画整理になり、店はなくなっていた。名前がわからなきゃ、お手あげだが、酔っぱらいには、酔っぱらいどうしの論理、いや嗅覚があるらしい。

小倉の繁華街にもどり、アーケードのある商店街をあるき、フク料理の看板をだした「味楽」という店にはいった。長いカウンターの飲屋さんらしい店で、客でいっぱいだ。ぼくはビールを飲み、耶馬美人（焼酎）のお湯割りにかえた。イワシのつみれがやわらかくておいしい。つみれがはいったお汁の味がよく、太ネギがとろっとあまい。

相棒のKさんはフク刺身にはじまるフクのコース。大根と鰤の煮物。これがからめの、ノンベエ用の味なのがいい。新潟の市場近くの繁盛した飲屋で、やはり大根と鰤の煮物をたべ、おいしかったが、あれはすこしお汁がおおすぎた。これはからっと、しょっぱくできていて、ノンベエの口にあう。九州は鰤を尚とぶところだ。ぼくが子供のころには、九州には北の魚の鮭は塩ジャケぐらいで、お正月用の鮭のかわりに、鰤を軒さきにぶらさげたものだ。「味楽」の大根と鰤の煮つけには、そういった九州の食の伝統もこめられてるのかもしれない。「味楽」のご主人は米田さんという名前で、終戦後すぐのおかあさんの代から、このお店をやってるそうで、常連がおおいらしい。

「味楽」のあとは、べつのアーケード街のはしの「ホープ」にいった。小倉にくるたびに飲みにきたバー（スナック）だが、これも名前も町名もおぼえておらず、この店をさがしてはみたが、あきらめていたのだ。

ぼくは東京の生れだが、満一歳ぐらいのときに、父が小倉の西南女学院つきの牧師になった。到着(いとうづ)というややこしい発音のところに西南女学院はある。「ホープ」では西南女学院大学の女子学生にあい、チョコレートをもらったりした。神戸はかわいい女子大生がたくさんいるところだが、小倉もかわいい女子大生が目立つ。北九州市、とくに小倉は、福岡（博多）とはまたちがう文化の中心だ。

ふもとに、新日鉄の古めかしい社宅がならぶ山の上に大きな美術館があり、ここで練馬のうちのとなりの義兄でもある野見山暁治の個展をやったとき、ぼくも講演をしたりしたが、この山（丘）で、うちの父は西南女学院の牧師のあと山番もやったらしく、この山の下をチンチン電車でいくとき、知っている地名にびっくりした。「ホープ」では小倉競輪のテレビ放送のエージェントの連中と、よくカラオケをうたったが、元プロ野球の選手がすごく歌がうまかった。やはり、しろうとではないのだ。

東急インからあるいて小倉駅にいき、黒崎バスセンター行のバスにのる。門司から小倉へ、そして黒崎と北九州市を西によこぎるわけだ。モノレールの駅、紺屋町、香春口、三萩野、流質品販売店なんてのがある。西日本銀行、黄金町(こがねまち)、白銀町(しろがねまち)、横浜は黄金町だった。貴船町、木町、小倉記念病院、のんのん食堂、昔の本、今の本買います、というのは古本屋か。清水交番前で高校生らしい連中はみんなバスからおりてしまった。歯大前、三叉路、到津遊園前、岩淵橋、三条、二条、大蔵、上本町、八幡東区役所、製鉄病院東口、春の町、八幡饅頭の看板。製鉄八幡西門。鉄は国家なり、と誇った大八幡製鉄。八幡製鉄につとめているものはエリートだった。佐木隆三も八幡製鉄にいた。前田、桃園、天平うどんの看板。まっすぐな通りではない。もとは電車道だったのか。陣山、そごうデパート。バス料金340円。

黒崎バスセンターで海老津駅前行のバスにのりかえる。料金530円。このあたりは八幡西区らしい。二両連結の白いボディの電車が、むこうの通りをはしってる。電車がかわいくてうつくしい。皇后崎、穴生橋、陣の原、東本陣橋、居酒屋「髭」、遠賀高校、遠賀信用組合、千鳥饅頭、折尾警察署。

広島県の呉から福岡へ汽車でくるとき、北九州をすぎ、なんだかさみしい折尾の駅から博多駅までが、えらく長い時間に感じたものだった。やっと、福岡の近くにきたので、いくらか気持がゆるんだのだろうか。遠賀川橋、川幅が広い。きれいな水がたっぷり。このあたりは海の潮だろうか。川に潮が満ちて、水がすきとおっていると、ぼくはうれしい。瀬戸内海そだちの海ニンゲンだからか。遠賀町。

千鳥饅頭は遠賀川の上流の炭坑の町飯塚の名物だった。おなじ遠賀川ぞいの直方(のおがた)にも成金饅頭というのがあった。名前からして強烈だ。筑豊が炭坑景気でわきたってたころのにおいがする。遠賀川の流域ではたらいてる人たちは川筋者(かわすじもん)とよばれた。あらっぽい気性とされていた。うちの女房も炭坑の娘で、成金饅頭にはやたらにたくさん餡がはいっていた、と言う。

筑豊の炭坑で掘りだした石炭を、遠賀川をいく船につみこんで、川をくだった連中も川筋者だ。そして、北九州の若松港にはこんだりした。

遠賀川の河口には芦屋という町がある。この町の出身で、旧制福岡高校の理科をでたが、東大のフランス文学科を卒業した徳山さんという男がいて、生家は芦屋の酒屋で、たずねていったことがある。米空軍の輸送機の大きな基地があり、朝鮮戦争のときには、さかんに出撃したらしい。ニホンの北にむいた沿岸はみんなそうだが、海べにつづく砂がこまかく、粉みたいな砂にうまった漁師町ふうの、ちいさな家のおおい町だった。そんななかに、間借人のいる家といった表札をたくさん見かけた。基地の米兵のオンリー(現地妻)のいる家だった。

遠賀郡、宗像(むなかた)郡。ぼくが福岡市の西南学院中学部や旧制の福岡高等学校にいってたとき、耳にはいった地名の郡をバスははしってるらしい。地名だけはおぼえているが、自分はいけない遠い国、それどころか架空の国のように、ぼくはおもっていた。
別府（べふ）という地名も記憶にある。バスの乗客はそんなにおおくはないが、中学生の女のコが三人、四人と目につく。昔は考えられない私学のかわいい制服を着ている。ホテル・エンペラーというラブ・ホテルも、ほんとにニホンじゅうにある。どんたくうどん。山田峠をとおりすぎると、とたんにクルマがすくなくなった。

終点のＪＲ海老津駅は待合室の座席に座布団がかぶせてあった。売店の棚に袋にはいった米がならんでいる。コシヒカリ夢水晶五kg三〇六〇円、ゆたか二kg一〇三五円、ゴールド二kg一一四〇円。駅の売店で米を売ってるのは、はじめて見た。

海老津駅から赤間（あかま）営業所行のバスにのる。料金２３０円。母の家前。山が近い道ばたに、ほんとに大きな赤い鳥居がある。城山（じょうやま）峠、教育大前、キャンパス高木。

赤間営業所は新しい建物で、あかるく、だけどあまり人はいない。ここからのバスは左てに鉄道の線路があり、鹿児島本線にそってはしってるらしい。川があるとうれしい。左に小川、右にも川がある。三郎丸、赤間駅、畑、東郷橋、宗像市役所。赤間営業所からいっしょだった、透けた生地のかさね着みたいな優雅なスカートをはいた若い女性が、このあたりでバスをおりた。田熊、東郷駅、白水（しろみず）峠、小竹（おだけ）、東福間、手光、福間駅、上の府、下の府、新宮、福岡工大前、和白。

白浜、大名、うどん定食四八〇円、唐の原、産大（九州産業大学）前。イタリアのミラノに住む彫刻家の豊福知徳さんが、たしか、この大学の美術部の先生をしている。女子大前、香椎。やっと現実の地名になる。遠賀郡、宗像郡は名前をきくだけで、お伽の国とかわらなかった。しかし、香椎には友だちもいたし、ときどき、私鉄の電車でたずねていった。

香椎には大きな神社があり、ここから朝鮮に攻めていったという神功皇后を祭ってるとかきいた。神功皇后が朝鮮からかえってくるとき、船のなかで赤ん坊がうまれそうになり、それで産道につめたという石が、たしか香椎神社にあったような気がするが、実際に自分の目で見たかどうかはたしかではない。

香椎にはいると、ぐっとクルマがおおくなる。御幸町、名香野、千早、名島、貝塚、九大北門、箱崎。ここには、だだっ広い東公園があった。箱崎の九大医学部のところがチンチン電車の終点で、このあたりの古本屋にもよくいった。

網屋立筋、箱崎浜、浜松町、馬出、博多駅からまっすぐきたところの千代町の映画館でドイツ版の「カラマゾフの兄弟」を見たのをおもいだす。この映画のヒロインがロシア生れのアンナ・ステンで、つい最近、ボリス・バルネット監督のロシア映画、

「帽子箱を持った少女」（一九二七年）を見た。この「カラマゾフの兄弟」は上海からはいってきたものらしく英語の字幕がつき、ニホンでこれを見た者はすくない。アンナ・ステンはあとでアメリカにいき、ずいぶん長生きして、一九九三年に死んでいる。ハリウッドでも「女優ナナ」や「復活」に主演してるが、画家として認められてたそうだ。

千鳥橋、石堂橋。福岡の町にはいったが、千代町のあの映画館の前の電車道をバスがとおってないことはたしかだろう。あの道には古い芝居小屋の大博劇場もあった。博多と福岡をわける那珂川も、どこでわたったかわからない。終点の天神。いまでは、みんなてんじんとよぶけれども、ぼくが中学生、旧制高校のころは、てんじんのちょう、と言い、その発音がよそ者のぼくにはめずらしかった。岩田屋というデパートが天神町（てんじんのちょう）にできたばかりのころで、いまではすっかり福岡の中心みたいになってるけど、ここは新興の地だった。たったいま気がついたが、太宰府にいく電車もここからでるので、天神の町と言ったのか。その私鉄（西鉄）は久留米、大牟田までのびた。

博多駅前から朝倉街道（かいどう）行のバスにのる。福岡県内はぜんぶ西鉄バスで、このバスの料金は590円。ぼくが子供のころの博多駅はキップ売場の窓口がまるく張りだしていて、独特の建築だった。それに、場所もいまとはちがっていた。新しい場所にうつったところ、駅前のまださみしいところに、流行ってるヌード劇場のオーナーがステーキ店をだし、今東光先生とぼくがまねかれたことがあった。先生とぼくはカウンターにならんでステーキをたべ、先生はぼくをはげましてくださった。今東光先生にはじめてあったときのことだ。

堅粕（かたかす）、フルベール化粧品の大きな看板がある。この化粧品会社と福岡とはなにか関係があるのか？　囲碁広場というところは碁会所らしい。薬親会薬局本部事務所、東福岡高校、比恵、ここには新しい地下鉄の駅もある。半道橋（はんみち）。はんみちとは一里のはんぶん、半里のことだ、とぼくは福岡にきて知った。お好み焼「やじ馬」。東那珂、西月隈、板付の名前が見えるが、板付の空港の近くか。御笠川、明治会館板付店、埋蔵文化財センター、西日本新聞、西日本スポーツ、麦野、大野城市役所前、焼そばの想夫恋、瓦田、水城、国分寺、太宰府天満宮跡への道しるべ。二日市らしい。二日市温泉の旅館に泊り、芸者をよんだことがあった。『旅』誌に書くためだったが、どういう事情でそんなことになったのか、ずっと考えているのだが、おもいださない。

終点・起点の朝倉街道のバス待合所で、若い男に前の通りをゆびさし、「ここは朝倉街道なんですか？」ときいたら、「新入社員で会社の寮にはいったばかりです」と、いまどきめずらしい、きれいな東京弁でこたえた。日曜日で、この男は会社の寮から町にでてきたらしい。バスの便がわるく、あるいて一時間以上かかったそうだ。朝倉街道から杷木(はき)行のおなじバスにのったが、この若い男がおりたところはかなりの田舎で、会社の寮は田圃のなかみたいなところにあるらしい。

県境をこえた大分県の日田へ、福岡からいくバスがはしる道ではないだろうか。だったら、やはり朝倉街道だ。

ぼくの母はいまは日田市になっている小野村の生れで、福岡県のすぐ近くなのに、大分県をよこぎって大分か別府にでて、そこから船にのり、国東(くにさき)半島をまわり、周防灘、関門海峡をぬけ、船ものりかえて、響灘・玄界灘をとおり、博多港について、福岡の女学校にいったらしい。その間、五日ぐらいかかったという。明治三十年ごろのことだ。

天山(あまやま)、山家道はYAMAEMICHIみたいな発音らしい。真冬の花の水仙が咲いている。田圃につづく山々に、やたらに高圧の電柱がたってるところがあった。山が電柱だらけだ。天神川、夜須町、曽根田川、篠隈、グリーン・パンの看板。ちいさな川でも名前がわかるのは、川ごとに標識がたってるからだ。

ゴトウのヒヨコ。栗田、草場川、朝倉路、三輪町、小石原川、甘木バスセンターはベンチがならび鄙っぽい。千鳥饅頭や団菊献上の看板。甘木には親戚の医者がいて、たずねていったことがある。やはり清酒の雪の里。嫁いらず地蔵というのは、だれが嫁がいらないのか。裁判所、検察庁、税務署。石ノ橋、佐田川、一里塚、十文字。甘木朝倉医師会病院。熊本直送スイカ、キャベツ、はちみつもこの地方の名物らしい。朝倉町。朝倉中学（いまは高校か）は名門だった。たしか、作家の後藤明生がでている。

原鶴というところでバスをおりる。山の上にホテルがある。ビューホテル平成だそうだ。川の土手をおり、川をよこぎる。水が流れてないだけでなく、川床をつっきってコンクリートの道までできている。はじめは、筑後川だとばかりおもっていて、あきれたが、あとで、ホテルの人にきくと、筑後川の放水路だそうだ。放水路をわたると、ホテルがいくつかある。筑後川流域温泉郷のひとつらしい。泉閣というホテルに泊る。客がたくさんいる。ジャングル風呂というのにはいったが、広島弁もきこえた。中国地方からもこの原鶴温泉にはくるらしい。それに、小学生ぐらいの子供をたくさん見かけた。昔は、温泉は大人(おとな)ばかりで、子供の姿など見かけなかったのに、いまは、家族でいっしょに温泉にもいくという時代になったのか。ちょうど、学校がやすみの季節だった。

温泉旅館なので、夕食は同行のKさんの部屋でとる。刺身はイカ、鮪、鯛。吸物、胡麻豆腐、牛肉のたたき、中骨をとって味噌をいれた山女魚（やまめ）、鮭の薫製、地鶏の鍋、肉の鍋。天ぷらはシシトウ、ハス、ナス、白身の魚に魚と青い野菜。ビールではじまり、地元杷木の焼酎のらんびきのお湯割りを飲む。

きちんと和服を着た若女将（わかおかみ）が、ただの挨拶だけでなく、あれこれ、いっしょにおしゃべりをしてくれた。こういったことが、いまの旅館ではなくなっていて、ほんとにうれしい。

夕食後、町にでてみる。あんがいスナックなんかがおおい。ぼくはあちこちの温泉にいっている。でも、温泉場というのはさみしいものだった。全国的にも名前がとおった温泉場でも、飲むところは一軒か二軒というのがふつうだった。じつは、原鶴温泉なんて名前も知らなかったのに、こんなにスナックなどが、ちらほらとでもいくつもあるのは、これも時代だろうか。

「やまちゃん」という居酒屋にはいる。九州はらんびきもそうだが、みんな乙の焼酎だとおもってたら、ここには甲の焼酎の酎ハイがあり、やたらにおいしい。きいろっぽい味噌がついたオバイケ。筑後川でとれるという貝小いいなの身を醬油で煮たのを、楊子のさきでつついてだす。粒貝よりもほそ長く、褐色をしている。この飲屋の壁には上品あわび、上品生うになどの短冊型の紙がたくさんぶらさがっていた。

泰泉閣にもどって、地下のカラオケ・バーにいき、ジンを飲む。いかにもホテルらしい広いカラオケ・バーだけど、そこにいた人たちとなかよくなり、なごんだ気持でうたったりする。ホテルの女性もあかるく、肉づきもよく、ジンもはずんだ。

あくる日、和朝食をたべたところは、前夜のカラオケ・バーだった。と、Kさんにおそわって、へえ、と感心している。ボックスなどの位置はかえてあるそうだが、ここにちがいない、とKさんは言う。だが、ぼくはおぼえていない。それほど、めでたく酔っぱらってたのだろう。

朝食は鍋二つ。どちらも、鍋の下に固形燃料がちらちらと青い炎をだしている。ひとつは味噌汁で、白味噌をつかい、すこしあまい。こんどの鹿児島までのバス旅は、九州のどこでも白味噌の味噌汁で、いささかおどろいた。九州の人は白味噌が好きなのだろうか。

大財閥の三井家のお正月の雑煮は白味噌のお汁に、焼いたのではない、水からのお湯で煮た餅がひとつはいっていて、ほかの具はない、ときいた。関西料理の粋の粋みたいだが、白味噌はあまいし、ぼくは好きではあるまい。ぼくは、女房がつくる博多ふうの、ブリもトリも、スルメもはいった、二十種類もの具をいれる山賊料理みたいな雑煮が好きだ。そして、この雑煮には、最後に、九州にしかないかつお菜をいれ、そのかつお菜を、わざわざ東京の家の庭でそだてていた。かつお菜の漬物がまたほろっとにがくておいしい。

もうひとつの鍋は、蓋をとってみると、ベーコン・エッグで、これにもおどろいた。鍋の底に火をあてて、あったかくたべようというのだろう。ほかにおひたし二つ、漬物。

朝食後、筑後川べりまででていく。泰泉閣の若女将もやってくる。この筑後川をさかのぼると、夜明(よあけ)の大きなダムになり、日田では三隅川と名前をかえるのだそうだ。ダムがあるため、日田での三隅川は川幅が広く、水量もたっぷりで、また、たいへんにおだやかな川面だった。

放水路のあちら側の通りから久留米行のバスにのる。バスは放水路のよこを川下のほうにくだり、つまり、この原鶴温泉にきたときとおなじ通りを逆にはしり、やがて、放水路も筑後川もこえて、こんどは、またまわれ右、川上のほうにむかった。松田音楽教室、古い家なみだ。吉井町というらしい。白壁土蔵造りの町。こんな古めかしい町が残っていたことなど、ぼくは知らなかった。戦災にあわなかった町はほかにもあるが、この町はとくべつだ。ふつうならバスターミナルとよぶところを、吉井発着所という古い看板がそのままのこっている。原鶴温泉の近くの筑後川では鵜飼をやり、また菜の花が名物だとのこと。

巨瀬川、善導寺を終、起点とするバスをなん台も見かける。昔ふうのお屋敷の庭に紅梅が咲いている。紅梅はほんとに花がちいさく、それが、これまた古めかしい幹にびっしりこびりついたように……。

筑後川べりだけでなく、あちこちに菜の花が咲いている。菜の花のきいろさはあかるいきいろで、ニホンのきいろはみどりがまじるのがふつうだが、これは青がはいった、さえざえとしたきいろ。

料理屋の看板に鉢盛とあるのが、朝倉街道でも目についたけど、いったい、どんな料理なのだろう。田主丸名物かっぱ萬寿（まんじゅう）。この通りは豊後街道というのか。

左てに、いくらか田圃をへだてて、山がつらなっている。屏風みたいに田圃のはしから屹立してるが、どうにも気になる山々だ。山の高さがおなじみたいで、それがいつまでもつづき、バスがはしるにつれて、さきへさきへとのびていくのが気になるのだろうか。田圃のはしに山があるのは、ニホンでは見なれた風景なのに、どうしてこんなに気になり、不安なような気持にさえさせるのか。

唐島、牧、合楽（あいらく）金光教。このあたりは八女郡なのか。八女というひびきもなつかしい。筑後草野、三光町、津遊（つゆ）川、太郎原、日野曽根、湯の坂、久留米温泉。銀座に東京温泉というのがあったが、これはシャレなんかではなく、マジに久留米温泉らしい。筑水高校、追別、千本杉、十三部、風水神社、西鉄久留米駅でバスをおりる。駅構内でエッグ・カレーをたべる。ウエイトレスは高校生の女のコのようで、肌がいきいきときれい。

大牟田行のバスにのる。バスを待ってるあいだ、Kさんは写真をたくさんとってあるく。金丸川、十二軒屋、江戸屋敷というのは、どういういわれがあるのだろう。町なみがきれ、田圃がひろがると、そのむこうに白い大きな観音像がある。坂の上の航空自衛隊久留米学校。ほかにも久留米の自衛隊の術科学校のことを、よくきいた。自衛隊でも帝国海軍でも、ちょいちょい学校にいくようだ。

誠クレーンというのは、新撰組が貸クレーン屋をやってるのか。九州天文台って、あの天文台？　筑後市青果市場、羽犬塚駅。バスがいく道ばたに、戸板みたいなのをおき、野菜がならんでる。無人の野菜売り場なのだろう。そのなかにキャベツ十八円というのがあった。いま、女房にきいたら、キャベツは百五十円から二百円ぐらいだそうで、一コ十八円なんて信じられないとのことだった。

二本松、花宗川、朝ちぎりイチゴ。尾島、船小屋、瀬高町、恵比須町、柳川信用金庫。柳川行のバスもはしってる。柳川の御大名の立花家別邸の御花や白秋生家をまわるらしい。柳川が大好きな人がいる。柳川鍋は柳川とは関係ないらしい。八女茶は有名だった。いまではおとなりの佐賀県の嬉野茶の名前をよくきくけど。

不知火の地名が見える。大牟田市にはいったらしい。こんどのバス旅では、ストリップの女王といわれたジプシー・ローズが死んだ山口県の防府もとおった。また、ジプシー・ローズが生れて育った大牟田にもきている。ジプシー・ローズは大牟田の不知火高等女学校の二年ぐらいまでいっている。大牟田は不知火で有名な有明海にのぞんだ町だ。市内に有明町というのがあったが、これはゆうめいと読むらしい。でも、ありあけマンションというのもバスの窓から見た。大牟田市歴史資料館。西鉄大牟田駅までバス料金1050円。

熊本県にはいっているらしい荒尾駅前までは西鉄バス、料金250円。まだ大牟田市内をバスがはしってるときに動物園のよこをとおった。大きな諏訪川。荒尾駅前のバス停のベンチの背には、むだなく使おう大切な水、SAVE WATER などと書いてあった。また駅前のお菓子屋にはイチゴのケーキがたくさんならんでいた。つい先日までは真冬のコートを着ていたのに、もうイチゴの季節になったのか。

　また、荒尾駅から熊本交通センターへは九州産交バスにのったが、熊本のアーケード商店街の路上で、イチゴを売っていた。

　荒尾には競馬場があるようだ。道ばたの墓のかたちがちがう。バス通りに蘇鉄の並木があるのは、やはり南国だからか。熊本の酒天下長、長崎チャンポン、カピタン水島。荒尾ナシの看板。玉名市にはいる。町なかに温泉街。高瀬大橋。バスが川ぞいの通りをいくとうれしい。菊池川も大きな川だ。長者饅頭、植木天満宮、田原坂、いよいよ熊本に近くなったのか。〽右手に血刀、左手に手綱、馬上ゆたかな美少年……の西南の役の田原坂だ。四方寄、熊本工業大学、肥後馬油の看板。馬の脂肪でつくった馬油は火傷によく効くといわれてる。東京の吉原の大門の前の馬肉屋でも馬油を売っていた。岩立小路、べっぴん料理おおぎやというのは、べっぴんさんの店という意味か。まさか、べっぴんさんを料理するのではあるまい。

　熊本の町にはいり、みどりが濃く、坂がおおいのにいくらかびっくりしていたが、熊本城をとおりぬけているのだった。お城をまん前にした熊本ホテル・キャッスルにはいる。

ホテルからあるいて、市役所のところをまがり、熊本の繁華街をぶらぶらする。まえにも、ホテル・キャッスルに泊ったことがある。あのときは、おなじ熊本県の山鹿市長をやり、県会議員にもなったナオのおとうさんが、熊本のあちこちでごちそうしてくれた。ナオは山鹿市にある古い芝居小屋を復活させる世話人をやり、坂東玉三郎もよんだとかいうことだ。ナオなどとよびすてにしてあいすまないが、赤坂のなくなった殿山泰司さんのうちの近くに住んでたこともあり、ぼくたちは新宿あたりで、いつもいっしょに飲んでいた。ナオのおとうさんは山鹿が大きくなるにつれ、村長、町長、市長をやり、選挙で当選するたびに、ナオは熊本から活きている大きなエビや馬肉をもってきて、ぼくたちは新宿ゴールデン街で飲んだりたべたりした。

二十年かけて着いた南の町

アーケードのあるショッピング街などには、ぼくが好きそうな飲屋はない。ところが、このまえのバス旅では、小倉のアーケード街で、「味楽」といういい飲屋にはいった。なによりもよかったのは、客がみんな昔からの常連だった。店の若大将もさわやかにあかるくふるまっていたが、そのおばあちゃんの代からの飲屋で、三代の店ってことになる。これなどは、もとからこの飲屋はあって、あとでアーケードができたのだろう。小倉競輪にいくたびに、ぼくが飲んでいたスナック「ホープ」もべつのアーケード街のはしにあった。

この熊本でも、アーケード街からすこしはずれて、昔ならば横町とよばれそうな、わきにはいる通りで飲屋をさがした。飲みながら、なにかちょいとたべるのが、ぼくの晩ゴハンなので、洋風のバーではなく、すこしたべるものもありそうな、いや、たとえ量はすくなくても、たべるものが断然おいしそうな和風の店をさがす。しかし、小料理などと看板をだしたところは、じつはヤボったいのでさける。同行のKさんが、トよさそうな店の看板に灯がはいってるのだが、その店がない。いちばん奥に、その店はンネルのようになった飲屋の路地にまではいっていったら、それに定食のメニューがはってあった。

あったが、入口のドアはバーふうで、しかも、それに定食のメニューがはってあった。徳山では、ほかのバーのホステスなどが、定食を出前でとるバーにはいり、それはそれでおもしろかったが、この熊本でくりかえすことはない。

飲屋の路地をでて、すぐよこの、ぶなんそうな店にはいったら、カウンターに客が二人、表から見たのとはちがい、まことに飲屋らしい飲屋のようで、ほっとした。店の名前は「沢よし」。

若い主人と奥さんのやりとりが、たいへんにたのしい。なによりも、ふたりがニンゲン好き、客好きなのがいい。東京には苦虫を噛みつぶしたみたいにおしだまってる飲屋のオヤジがいて、それが人気があったりするけど、ぼくの趣味ではない。そんなのをありがたがるのは、田舎者だ。東京人と称する者のなかには、あんがいカッペがいる。

この飲屋の主人は鳥取の人で、奥さんは地元らしい。主人は末っ子で、故郷の鳥取の実家にいったときのことなど、きいていておかしかった。末っ子はまたかわいがられるが、末っ子の女房はもうサイテイ、という奥さんのはなしにわらっちまう。

トイレにいくので、奥さんが店の裏の戸をあけ、案内してくれたが、あの飲屋の路地で、トイレはいちばん奥の、れいの定食バーのとなりだったのにも、ニヤニヤする。

ビールをたくさん飲んで、焼酎「松の泉」のお湯割りにかえる。ぼくは太刀魚の塩焼、Kさんは熊本名物の馬刺し。飲屋で太刀魚というのはめずらしい。瀬戸内海のもとの軍港町県でそだったぼくは、コドモのころから、太刀魚の塩焼が好きだった。太刀魚はほそ長く、太刀のかたちをしてるから、その名前がついたとおもっていた。ところが、おなじ九州の別府の水族館にいったら、そのころは、ニホン全国でこの水族館だけという太刀魚がいて、それがみんな水中に立って泳いでおり、だからタチ魚か、と首をひねったものだった。太刀魚の刺身を浜松でたべたことがある。あわいピンクの身だった。

Kさんがたのんだ馬刺しには、まんなかに白いものがのっかっていた。せびれというらしい。このまえのまえのバス旅で、福山でもたべた。馬刺しのなかでも、とくべつのところみたいに言われているが、よく味わってみると、馬の脂肪のようだ。

冷奴(ひややっこ)が大きなお鉢にはいってでてきた。熊本大学の近くの豆腐屋でつくったものを、わざわざ買いにいくらしい。豆腐屋のあるじは、もうおじいさんで、仕事がきついと、ちょいちょいやすみ、そのときはトーフなし、と奥さんがわらう。豆腐も大きく切ってあり、きめこまかな味で、口のなかでまろやかだ。サバサバした味とはちがう。ヤキトリも焼いてもらう。鶏皮(とりかわ)のあぶらっぽさはいい。パリでもロンドンでも、ヤキトリの鶏皮はとくべつの日にしかなかった。鶏皮だけでは、市場にでてこないのだそうだ。

　奥さんに案内されて、近所のスナック「邦(くに)」にいく。このあたりも、「沢よし」で飲みはじめるまえに、あるいたところだった。知らない町にいき、夕方、どこでまず飲むか、とさがしてまわるのは、ノンベエのひそかなたのしみだ。

「邦」には女のコがたくさんいて、わいわい飲む。やはり焼酎のお湯割り。大きなお皿に五種類ぐらいの乾(かわ)き物のおつまみがのっている。そのなかにかりんとうがあったのはなつかしかった。かりんとうはちいさな小指ぐらいの大きさで、色はこんがり揚げたキツネ色から黒っぽいのまで、いろいろあって、すこしあまい。それなのに、ノンベエのぼくの口にはあう。シアトルのチャイナタウン（もとはニホン町）の「扇屋」に、東京から石油缶で送ったことがある。もとは駄菓子の類だろう。数すくない東京の名物のひとつかもしれない。

翌朝、ホテル・キャッスルの朝がゆ定食。お粥はポットにいっぱい。ちりめんじゃこ、鮭、玉子焼、辛子明太子、お椀にはいった煮物三つ。豚肉をいれたきんぴらゴボウ。味噌汁、ハチミツとレモン。

熊本交通センターから松橋行（まつばせ）の九州産交バスにのる。こんなに広いバスセンターは、ニホンじゅうでも見たことがない。熊本市内をはしりだしたバスは、日本銀行熊本支店の前をとおった。二階だての箱みたいな建物だ。どこの日銀もおなじようなかたちをしていて、まったくおもしろみがない。

昨夜の「沢よし」の冷奴は、熊本大学の近くの豆腐屋から買ってくるのだそうだが、熊本大学には旧制五高の古い建物が残っていて、プールをのぞいたら、戦争中に、九州インターハイで、ぼくが旧制福岡高等学校の水泳部員として泳いだ五十メートル・プールらしいのが、そのころもあったのにおどろいた。なん年かまえのことだ。ドジな水泳部員のぼくは、旧制五高のプールで泳いだだけで、インターハイの試合にはだしてもらえなかった。迎町（むかえまち）、串道楽。熊本日日新聞。鉄火丼、牛肉丼の看板。五反田、川尻駅前。

杉島、緑川をわたる。美登里という地名もあるようだ。城の浦、金光教宇土教会。

天草の上島、下島にいくのには、クルマで天草五橋という島々をつなぐ大きな橋をわたっていく人がおおいらしい。そのときは、この宇土市や宇土郡をとおるようだ。

また、食堂に鉢盛の看板がある。甘酒万十（まんじゅう）というのは、わりとあちこちで見かける。

親切な葉月旅館、陽はあかるく、松橋産交、バスの終点だ。料金570円。

がらーんと広いが、けっして近代的ではないバスの待合室。部屋のまんなかあたりの壁ぎわに、大きなガラスの人形ケースみたいなもののなかに、花が活けてある。ぼくは生け花のことはわからないが、古めかしい活けかたのようだ。洗心流と書いてある。

バスを待ってる時間というのがある。鄙びたバスの待合室で、鄙びた時間がながれていく。あきらかに大都会の時間とはちがう。しかし、そのバスの待合室のベンチに腰をおろし、本はバッグのなかにいれてもちあるいてるが、本を読む気にもならなくて、異質なぬるま湯のなかに身をひたしてるような気持でいるぼくは、東京からきた男だ。東京では地下鉄のなかでも本を読んでるのに、こうして、ただもうぼんやりとしてるのは、やはり、東京をはなれ、遠くにきてるからだろうか。

やっと、八代行のバスがでる。バスにのる人の列の、ぼくのまえにちいさな女の子をつれた若いおかあさんがいた。まるで化粧をしてない顔がきりりとして、さわやかでうつくしい。この女性は、山が近くて田圃もすこしひらけているような、ほんとに田舎っぽいところで、女の子の手をひいて、バスからおりていった。きっと、かしこいおかあさんなのだろう。こういうおかあさんが、ニホンの田舎のあちこちにいるのか。

蔵岡ぶどう園、熊本いちご売り。蓮田（はすだ）がある。人口が密集したもとの軍港町呉で育ったぼくは、稲のはえる田など見たこともなく、ましてや蓮のある水田なんか知らなくて、福岡の西南学院中学部にはいったとき、荒江というところで、はじめて蓮の田にあった。たしか、初夏のころに蓮根（れんこん）をとって、蓮の田の水をくみだすと、そのなかに鮒など、たくさん魚がいて、おどろいたりした。熊本は辛子蓮根でも有名だ。

一軒屋、小川町役場、竜北町。バスがはしる通りのよこに、幅一メートル半ぐらいの川がながれている。それが、きれいに水が澄んだ流れだ。東京にはないこと。火の国発祥の跡というのは、どんな意味か。熊本は阿蘇山があるので、火の国、とよばれたりするが……。火の見櫓がある。まず、東京から火の見櫓がなくなった。しかし、おとなりの神奈川県の川崎の田舎のほうにいくと、火の見櫓が残ってたものだが、いまは、ニホンじゅうで火の見櫓が消えつつある。

熊本畳表、藺草の畑がある。藺草はほんとにみどりが濃く、くろっぽくさえ見える。遠くに煙突が立ってるのは、あのあたりが八代市なのだろうか。八代神社。千三百年祭記念なんて書いてある。千三百年とは、とほうもない昔。たいへんな歴史だ。追別(おいわけ)。新宿の伊勢丹デパートの前にも、追分団子ってのがあるなあ。大きな川。JRの八代駅。ざぼん、鯉のぼり。大手町という地名は城下町にしかないのではないか。お濠端にでる。八代はやはり城下町だった。戦後にこしらえた、へんにモダンなお城の建物なんかないのがいい。また、たいへんに古さびたお濠の石垣だ。これだけでじゅうぶんという気がする。

八代港、フェリー乗場という道標がある。ぼくは港が好きだ。八代港にもいってみたい。むかしむかし、ぼくがテキヤの子分で北陸をうろついてたとき、ひと晩だけ泊った港が忘れられず、あとなん十年間か、その港をたずねて、「港さがし」をしたが、ついに見つからなかった。

終点の八代産交をでて、すこしあるき、味香園という中華料理店にはいる。棚に三楽25の壜がならんでいる。ここの奥さんのはなしだと、「おとなりがメルシャンの工場でしてね」ということだった。もとは25ドライといった二十五度の焼酎らしい。九州の焼酎はたいてい乙種だが、これはめずらしく甲種。戦後すぐのことを言うと、カストリは乙種系統、バクダンは甲種系統だった。ぼくはバクダン党。

いちばんさいしょに八代にきたとき（どんなことで、八代にいったのかはわからない）人があんまりあるいてない通りで、むこうから、若い女性がやってきたが、この人がすごく長身で、またきれいだった。ずっとあとで、12チャンネルの「演歌の花道」で八代亜紀にあったとき、この人のことをおもいだした。八代亜紀も背が高い。このときは、なくなったマンガ家の滝田ゆうさんもいっしょだった。八代は土地の人はヤッチロと言うともきいた。

中華料理店の奥さんは「八代亜紀さんの妹さんも、ここにきたりするんですよ。やはり歌がじょうずで、ハスキーな声で、ただ、妹さんのほうがきれいかな」と言った。

熊南（ゆうなん）産交の人たちと写真をとったりしたあと、水俣行のバスにのる。家々の屋根瓦が微妙にかわり、屋根のはしに、名古屋城みたいに、ちいさなシャチが尻尾のほうをあげていたりする。常民の文化というものだろうか。

ちくわ、かまぼこの看板。ざぼん漬け。シュークリームのお店、ボンブ。おいしさ一番！　まごころ一番！　南九州八代たばこ産業。肥後銀行、明林堂書店。こういう書店の名前はおおい。ぼくがよくいくのは池袋の芳林堂書店。左てに田圃があり、そのむこうにオムスビみたいな山。大きな山ではない。まだ八代市のうちだとおもうが、日奈久（ひなぐ）温泉にはいった。日奈久はほそ長い温泉町で右ては海、日奈久ちくわも有名らしい。海にのぞんだ温泉で、こういう温泉は九州におおい。九州以外ではあまりない。

ストリップの有名なおねえさんで、初舞台はこの日奈久のヌード・スタジオだったという人がいた。都市のストリップ劇場とはちがい、温泉場などで、踊り子も二人ぐらい、十日替り（九州は一週間だった）ではなく、一か月も、三か月も踊り子はおなじヌード・スタジオだ。乳房（パイオツ）たっぷりの、脚がほそい、顔がきれいでプロポーションのいいストリッパーの元祖みたいなおねえさんだった。日奈久の駅で列車をおりたら、馬がひく荷馬車にのってヌード・スタジオにいった、とぼくにはなしていたから、日奈久温泉は農村的なところかとおもってたら、これはもう海っぱたの漁師町。別府や指宿（いぶすき）みたいに、海べで砂湯をあびたっておかしくない。もっとも、別府の砂湯はもとは海べの砂浜だったが、いまではすこし海から遠くなっている。

右ては海、左に鉄道の線路があったりする。線路はバスがいく通りの右てになることもある。また線路は単線だったり複線だったりする。でも、たぶん、おなじ鹿児島本線なのだろう。右ての海は松橋あたりからはじまって、竜北町、八代をとおり、水俣、出水（いずみ）の米ノ津港と南にさがる天草諸島とのあいだの八代海、別名不知火海だろう。

薩摩街道なんて道標がある。十五里木跡、山のなかの赤松トンネル。道ばたの食堂のたこやき大阪の大きな幕。

田浦町役場、田浦川、甘夏みかん、田浦港、すこし沖合いにちいさな島、白い波。また、山のなかにはいり、トンネル。トンネルの出口のむこうに海が見えてくる。海浦（うみのうら）、佐敷トンネル、田中牛乳。この通りは国道三号線なのだろうか。

湯浦（ゆのうら）温泉、兵六飴の看板。ぼくが子供のとき、父が仕事でこの地方にくると、兵六飴をおみやげにもたされてきた。文旦（ぼんたん）飴によく似た、やわらかくて弾みのある舌ざわりをおもいだす。津奈木町、湯の児温泉。日奈久温泉にはじまって、不知火海の海ぎわには温泉がならんでいる。八代から水俣産交までは、熊南産交のバスで１４５０円。

ＪＲの水俣駅にいく。まえに、水俣から船にのり、天草下島の牛深にわたったことがある。そのとき、水俣川、水俣港を見おろす丘にのぼったが、丘の上には人かげもなく、また水俣の町をあるいても、あまり人にはあわなかった。そして、国鉄の駅のまんまえにチッソの工場があった。

天草の牛深では、旅館のぼくの部屋が三階で、夕食は台所でたべた。ちょうど大広間では宴会をやっており、台所は女性たちの出入りがおおく、また宴会の途中でも、いっしょに飲んでる女性もいて、まるで、「台所キャバレーだな」とぼくは大よろこびだった。また、牛深港の船着場は、海のなかに石段がおりていっており、ここからちいさな船にのって、島の真珠加工場を見にいったりした。

考えてみれば、ニホン本土だって島で、そこから、やはり島の九州にわたり、その島の水俣から船にのって天草という島にいき、またまた、ちいさな船でべつの島にいく。真珠の加工場がある島には、海ぎわの海中に巨大な鉄の建造物が、使われなくてうちすてられており、見ていておそろしかった。炭坑の跡とかいうことだった。鉱物がとれるところは、島から島にわたった、なにもない海べとか、山のなかとか、とんでもないところがおおく、そこに巨大な施設がほうりだされていたりすると、ぶきみでもある。牛深の船着場近くで見た、リアカーにつんで売ってるキビナゴは、青い色が透きとおるようで、こんなにうつくしい魚は見たことがないようにおもった。キビナゴは下魚とされているのに……。

また、天草やこれよりもっと南の海の漁師たちがうたうハイヤ節が、はるかに北上して、九州もとおりこし、日本海もはるばるよこぎり、佐渡オケサの原曲になったということも、このときにきいた。海上の道は陸路とはちがうということを、つくづく感じたものだった。

水俣の町をすこしぶらつく。スナックしらぬい、夕やけ横丁、本陣前、駅の売店に水俣名物寒漬、駅前に権旅館、尚絅学園中学校、高校、大学、短期大学のポスター。

水俣駅から出水行の南国交通バスにのる。バスがはしる通りはあがったりさがったり。高いところにのぼれば、右ての下のほうに海が見える。白いガードレール。本格さつまいも焼酎「さつま五代」という看板が目につく。さつま焼酎のうちでも、このあたりは「五代」が地元の焼酎なのだろうか。海のおもてが光ってる。

いつ鹿児島県になったのだろうか。ぼくは瀬戸内海そだちで、海が好きだ。海を見ていれば、ほんとに見飽きない。きれぎれにだが、バスの窓から海を見ながら出水市にはいったようだ。

ところが、今夜の泊りの阿久根温泉にいくバスを待ってるバスセンターは古い建物で、その前の通りはお店はならんでるけど、喫茶店のようなのは、いまは店をしめてるらしい。陽ざしはあかるいが、通りにはほとんど人かげもなく、南国だし、あかるい通りなのに、なんだかうそ寒い。八代でも水俣でも、ただあかるく、のんびりバスを待ってたのに、もっと南のこの出水ではうそ寒い。

ハンドル食堂、つる渡来地。出水市野球場のポスター。ウェスタン・リーグの野球だ。麦わら帽を売っている店。ぼくがそだった瀬戸内の呉では、麦わらを編むことが、貧しい家の女たちの内職だったが……。さつまぶどう園。

高尾野町、野田町。バスのなかにラジオ鹿児島の放送がながれる。バス停のベンチなどに社会福祉協議会の名前を、あちこちで見かけた。東京ではきかない名前だ。丘のあいだの特別養護老人ホーム。バスがいく通りが海が見えるところにでる。ならんで鹿児島本線の線路がある。三両ぐらいの列車がいく。きれいな車体の列車だ。電車なのかな？

阿久根農校、赤瀬川。むらさきの花が咲いてるのはあやめか。おなじこのバス旅で、真冬の花の水仙も見かけたし、同時にあやめも咲いてるのか。

阿久根駅前でバスをおりる。料金550円。バスはもっとさきまでいく。阿久根の町のようすがわからないので、今夜泊る栄屋旅館までタクシーでいこうとしたら、駅前に一台だけいたタクシーが、ほかの客がのったらしく、どこかへいってしまった。タクシーがなかなかもどってこない。

栄屋旅館は阿久根の町のいちばんにぎやかなところにあるらしい。旅館のななめ前にタクシーがとまっていて、あるいてすぐのところに酒を飲ませる店がちらほら。阿久根温泉は、ぼくは名前も知らなかったが、このあたりでは有名な温泉らしい。阿久根港からは天草への定期便もでている。

旅館の部屋は広くて新しく、ひとりで泊る部屋ではあるまい。まず、温泉にはいる。名前はぼんたん湯という。この土地の名物の文旦が湯槽に浮いてることがあるそうだが、文旦にもとれる季節があるだろう。寒い地方には柑橘類はない。そのミカン類のなかでも、文旦は南国らしくとくべつ大きい。お風呂場にはあんがいたくさんの人がいて、すこしびっくりしたが、ぼんたん湯の前にべつの玄関があり、町の人たちがお湯にはいりにきてるのだ。ちょうど夕方で、お風呂が混む時間だった。

昔の温泉地は、各旅館にはお風呂はなく、共同のお湯に旅館の客もはいりにいった。夏目漱石もはいったという道後温泉の共同湯もそうで、旅館に客用の風呂場ができたのは、近ごろのことだ。旅館で内湯あり、なんて張り札を戦後も見かけたものだ。

このバス旅は、高速道路などははしらない路線バスをのりついで、東京から西へ西へとむかっているのだが、その再スタートのバス旅で岡山県の湯郷（ゆのごう）温泉にいったとき気がついたんだけど、近ごろの温泉のお風呂場には、石けんがおいてないのだ。そのかわり、男風呂にも髪をあらうシャンプー、からだ用の洗剤のプラスチックの壜がならんでいた。ぼくは洗剤のだしかたがわからず、プラスチックの壜を手にもってやっさもっさし、となりのオジさんに洗剤のだしかたをおしえてもらった。

この阿久根温泉のぼんたん湯では、お風呂場の洗い場の鏡の前に、洗剤かリンスみたいな鑢が三本ぐらい、そのほかのもののもおいてある。

これが、お湯にはいりにきた町の人のものかどうかわからない。とりあえず、ぼくは旅館のフロントでもらってきた軽便カミソリと洗い場にのこっていた、半かけのちいさな石けんで、からだをあらい、髭を剃った。

四国の松山の道後温泉にいったとき、夜中にひとりで旅館の風呂にはいってると、洗い場に石けんのオニギリがおいてあり、ああ、温泉場の象徴だな、とつくづくおもった。温泉と言えば、ドンチャンさわぎをして、とってもおもしろいところというイメージがあるが、年に一回ぐらい温泉にいくのをたのしみにし、また、なん人かであつまって飲んでるからおもしろいのであって、ひとりでいったって、ぼくにも経験があるが、ただただ、ただらしいばかりだ。ぼくはいたたまれずに、温泉の旅館から逃げだして、列車にのったこともある。

温泉旅館にきて、宵の口は仲間と陽気に飲んでいた者が、ひと眠りして、目がさめて寝つかれず、ひとりで風呂場におりてきて、所在なさに、湯気でしとってやわらかくなった石けんで、オニギリをつくる。なんとわびしいことではないか。ところが、その石けんさえなくて、夜中に風呂場でオニギリをつくることもできない！

栄屋旅館のフロントというよりは、帳場って古いニホン語のほうが似合いそうなところのカウンターの内側の床にアコーデオンがころがっていた。ちいさなアコーデオンではない。堂々としたアコーデオンだ。素人のものではあるまい。プロの、このあたりの飲屋を流してあるく人のアコーデオンか、この旅館で宴会でもするときに、よばれてくる流しのオジさんのアコーデオンみたいにも見えた。

こういうことには、ぼくはとくべつ興味がある。新宿ゴールデン街で飲むときも、だれが知らせるのか、いつも、流しのマレンコフがとんでくる。たいてい息せききってというぐあいで、おデコに汗をにじませてることもある。そして、マレンコフもどこかの飲屋かなんかにアコーデオンとギターをあずけているのだ。

ぼくとしてはこんなことはあまりないのだが、栄屋旅館の帳場にいる若い女性にたずねてみた。

「これ、だれのアコーデオン？」

「あ、これ、あずかってるものなんです」

南国にしては色が白い女性はこたえた。ぼくは「そう……」とほほえんだ。ぼくの疑問にたいするこたえにはなってないが、これ以上はきけない。

栄屋旅館をでて、ぶらぶらあるく。うすぐらくなりかけて、人どおりもほとんどない通りだが、阿久根ではいちばん飲屋やスナックのおおいところらしい。

店が二軒ならんでるうちのかたっぽうにはいった。「あまみ」という店だ。Kさんとカウンターにならぶ。ぼくはカウンターが好きだ。とくに外国にいくと、ニホンの飲屋のカウンターが恋しくなる。まず、南蛮漬けのお通しがでた。小アジを揚げてから酢醬油に漬けたものだろう。

いままでは、南蛮という名前は考えないで、南蛮漬けはニホンの料理だとおもいこんでいた。ところが、ポルトガルのリスボア（リスボン）にいったとき、町のレストランに、南蛮漬けとそっくりのものがあり、うれしくなった。でも、じつは、こっちのほうが元祖なのだろう。だって、ポルトガルも南蛮だもの。

アメリカ西海岸のシアトルの日本レストラン「扇家」ではスメルトの南蛮漬けをたべた。料理長の白山さんがつくったものだ。スメルトは白身の魚でキスに似ている。別名をキュウリ魚という。魚なのに野菜の胡瓜の青くさいにおいがするらしい。白身の魚だし、もともと、ニホンの天ぷらにはむいている。ニホン人の奥さんがパイクプレース・マーケットあたりの魚屋でスメルトを買うと、魚屋のおにいさんが「テンプラ？」ときくそうだ。「扇家」の料理長だった白山さんは、わざわざ漁師町までいって、市場にはでないちいさなスメルトを買ってきて、お通しの南蛮漬けをつくったらしい。扇家はなん年もまえになくなり、白山さんは日系の大きなホテルの料理長になっている。しかし、これは、ニホンの南蛮漬けのバリエーション・コースだろう。シアトルの「招き」や「一番」のコロッケも、ニホンのコロッケの真似だった。しかし、コロッケという名前からして、ヨーロッパにその原型があるはずだ、とおそらく十五年以上も、ぼくはさがしまわった。ぼくはおよそ役にたたないことを、せっせとさがすクセがあるらしい。しかし、ニホンのコロッケにかたちは似ていても味がちがったり、味は似かよっても、かたちがちがったり、と長いあいだヨーロッパじゅうをさがした。そして、オランダのある町で、雨に降られ、大きな風車の前をかけぬけたむこうの、ほかの客はひとりもいないレストランでコロッケの原型を見つけたのだが、いったん見つかってみると、コロッケのご先祖はドイツあたりにはいくらもあった。それに、こんどはそのオランダの町が見つからない。

「あまみ」という店の名前でもわかるが、主人は奄美大島の出身で、カウンターのなかであれこれ料理してくれた。赤い海鼠（なまこ）。青いナマコがふつうだが、赤いほうが高級だともきいた。世界じゅうの海には、いろんなナマコがいる。ほとんどが、たべられないナマコだ。象のウンコみたいに、でっかくて、色もあざやかな青や赤ではなく、褐色のナマコもある。皮剝ぎの刺身。このまえのバス旅では北九州の小倉で一泊したが、このあたりでは、皮剝ぎのことをバクチという、と二日市温泉で招んだ小倉出身の芸者がはなしていた。そのココロは、バクチで身ぐるみ剝がされるかららしい。博多湾と玄界灘のさかいの志賀島のほんとに貧相な一膳飯屋でたべた、皮剝ぎの煮魚は、醬油からくておいしかったなあ。皮剝ぎはフグの身にも似ていて、フグの刺身のかわりをするともきいた。

となりの「がき大将」にうつる。ヤキトリ屋だが、店はがらーんと大きい。広くて大きな店のヤキトリ屋というのは、東京では考えられないことだ。若者もくる店のようで、バター・コーンなんかもある。ヤキトリを見ると、ぼくはすぐ鶏皮を注文する。ニンニクの芽をベーコンでまいたもの。タン塩に、ハンバーグというのが、ふんわりしておいしかった。ハンバーグと店の人は言ってるが、肉団子みたいなもので、串に三つ刺してあり、こういうのは、舌にざらざらするのがミソなのに、ふわっと身がやわらかく、それがおいしい。飲物はレモン焼酎。店にいる女性も、飾らず、運動服みたいなカッコで、それが、こういう店によく似合っていた。

近くのスナック「智」にいく。くりかえすが、飲屋やスナックが、ごちゃごちゃ、ぱらぱらとみんなこのあたりにあつまってるらしい。「智」には三十歳すぎぐらいの先客がひとりいて、いろいろはなしをきいた。だいいちは、この阿久根はほかの鹿児島の地方とは、まったく言葉がちがう、ということだった。徳川の鎖国時代、阿久根は東シナ海に面した密貿易港で、よそ者が潜入したりしないように、特殊な土地言葉をたもっていたのだそうだ。考えてみれば、海のむこうは中国大陸で、江戸にいくよりも、こっちのほうが近い。昔、長崎と上海のあいだには定期航路があり、九州のこのあたりの女性で、戦争中でニホンではやっていないアメリカ映画の「風と共に去りぬ」を上海まで見にいったという、ぼくの身近な人がいる。海は危険だが、鹿児島のとくに東シナ海よりの人には、中国はそんなに遠い他国ではなかったのだろう。

いや、そういったことはわかるのだが、自分の土地の言葉がほかとはちがっているというのは、わりとよくきくことなのだ。村ざかいのちいさな小川をこしただけで、言葉ががらっとかわるとかさ。ニホンの方言のさかい目あたりに位置してれば、実際にそういうこともあるだろうけど、その土地に住んでると、ちいさなちがいも大きく見えることもある。些細なちがいこそがだいじないし決定的なことで、神はディテエル（些細さ）に宿る、という言葉もある。

ともかく、スナック「智」にいた先客はこんなこともはなした。薩摩の島津家は徳川が三百年と称したときに、七百年もつづいた古い家柄だが、その島津よりももっと古い莫祢氏が阿久根のもとだけど、アクネという名前は阿久根にはなく、むしろほかの土地に残っている。莫祢氏は徹底的にこの土地からは根だやしにされたのだろう、と。これも、密貿易に関係があるのかな。

翌日の栄屋旅館の朝食には、大ぶりのお椀のなかに、どかっと蟹がはいっていた。蟹一匹丸ごとの味噌汁なんていかにも南国ふうで豪快だ。

ほかにミニ七輪みたいなものもあり、ちいさな金網ものっかり、固形燃料が青い炎をちらちらもえあがらせていた。それで、小鯵の干物を焼くのだ。生玉子、おひたし。昔は旅館の朝食は生玉子と鯵の干物つきときまっていた。ここは鯵のほうは新手をいれたが、生玉子はそのままなのだろう。

栄屋旅館をでて、バスにのり、阿久根駅のほうにひきかえす。高松川というのをわたる。たっぷりとっぷり水が満ちている。海の水だろう。旧港は阿久根の南側らしい。新しい港は駅のすぐ前のほうだそうだ。ぼくは知らなかったが、阿久根はこのあたりでは大きな港。

阿久根駅前から川内(せんだい)行の南国交通のバスにのる。右てが海の、のぼりくだりがおおい通りをバスはいく。佐潟鼻。鼻というのは海のなかに鼻みたいにつきでたちいさな岬のことだろうか。北の天草よりには長崎鼻というのがあるし、ぐーんと南には天狗鼻がある。牛之浜。東京都の西多摩郡の横田空軍基地の近くに、青梅線の牛浜駅があり、そのあたりに、ぼくは住んでたこともある。また、赤羽から荒川をわたったところには、鹿浜という地名もある。牛や鹿が浜辺にきて、海水浴でもするのだろうか。この牛之浜は海のそばだが、東京の牛浜や鹿浜は海からはうんと遠い。

大川塩辛（しおから）の里なんて看板。バスが海っぱたのすこし高いところをいくとき、ほんとにちいさな島が見える。潮が満ちてるときは、海の水の下になる岩礁と言ったほうがいいだろうか。日はうららと照り、海はおだやかだ。

とつぜんバスをおりる。バス停のまん前に、鄙にはまれな大きな郵便局があった。裏の入口からはいってトイレにいく。阿久根温泉での旅館の朝食の生玉子がいけなかったのか。トイレをでて、あたりをぶらぶらあるいてたら、草道駅というのがあった。無人の駅だ。鹿児島本線の駅らしい。岩元天然温泉、丘の上に京セラの工場が見える。川内川をわたって、川内市のなかにはいる。可愛小学校。

川内市の向田というバス停で林田バスにのりかえ鹿児島にいく。黒牛和牛の看板。山や野のみどりが濃く、どっしりしたみどりという感じ。串木野名物つけあげ、かまぼこ。つけあげはたぶんサツマ揚げのことだ。たとえば、サツマイモは九州にいくと唐芋（からいも）になる。ニホンのほかの地方は、薩摩からきたからサツマイモだろうが、九州では、もっとまえの原産地唐のイモになる。ところが、こんどのバス旅では、鹿児島市でサツマアゲという看板をなんどか見かけた。まえには、地元ではまったくない言いかたを、逆に郷土名物として売りだそうとしてるのだろうか。地元の銘酒五代。

ひまわりの花がある。ヨーロッパ北部の広大なひまわり畑をおもいだす。ひまわりの花がまっ黒に枯れて、それが見わたすかぎりつづき、まるで、畑が空襲にでもあったみたいだった。

さのさ荘入口、さつま富士、神村学園。市来町。土がしろい。いちご狩り、江口川、朝日隧道、野田、湯之元温泉専次郎、さつま小鶴、北小前、伊集院、麦生田、神之川温泉、小山田町、さつま白波の看板がやっと見えはじめる。

金鳳花（きんぽうげ）の花が咲いている。昔なら佛壇に供えるホトケさまの花といったところか。かなりこってりした色だ。この花は淡路島をやはりバスでいくときに、あちこちで見かけた。とどろき温泉。これは国道三号なのだろうか。九州を縦断する道なのか。

鹿児島銀行、調髪一四〇〇円、子供一〇〇〇円の理髪店の看板。護国神社前。鹿児島市内をバスはいく。天文館。大都市の繁華街らしい感じ。いつか、真冬に鹿児島空港についたら、東京よりも寒いのにおどろいた。東京の新宿の夜などは、風があるときはべつだが、どんよりしたあったかさだ。あれは公害のあたたかさだろう。

鹿児島では天文館が飲屋街で、天文館という名前がおかしかった。しかし、戦後すぐのマーケット時代には、市役所の近くにもマーケット飲屋があって、にぎやかだったとかで、そちらにもいってみたが、マーケットはのこってたが空家がおおく、飲屋はちらほらとしかなかった。いまでは、マーケットそのものもないだろう。

そんな飲屋の一軒は沖縄出身の人がやってる店だった。そして、沖縄で、ある季節のそれも一週間ぐらいしかとれないという小魚を焼酎のサカナにたべた。その小魚は皮もついたまま壜にいれてあり、たしか酢と塩で味つけしていた。そして、その店の主人をはじめ、沖縄出身のほかの客たちも、おいしい、おいしい、と目を細めるようにしてたべてるのに、ぼくはただ魚の皮がじゃまになるぐらいだった。

そのとき、ぼくは岡山県のママカリのことをおもった。岡山県でも瀬戸内海のある地方では、ママカリをたいへんに珍重する。しかし、その地方の人が自慢にして、やはり壜詰めにして送ってきたママカリは、ぼくはさっぱりおいしくなかった。この沖縄の小魚みたいに、姿かたちも気にいらなかった。ところが、岡山県の人も沖縄の人も、まず、姿かたちにぞくぞくしてるのだろう。琵琶湖の鮒鮨も、その地方の人は絶賛するけど、あれには強烈な味とにおいがある。ぼくが鹿児島市役所の近くのマーケット飲屋でたべた沖縄の小魚とママカリは、あんまり味もないようで、そのあたりもだいぶちがう。

もう、なん十年もまえのことだが、天文館でいい飲屋にはいった。飾らないオジさんとオバさんがいて、店の土間には自転車が二台おいてあり、客は高校の先生などがおおかった。そして、沖縄料理のアシテビチをだしてくれたが、これがこの店のご自慢のようで、また薩摩の焼酎によくあって、おいしかった。

れいの沖縄の小魚もそうだが、鹿児島では沖縄が身近なのだろう。東京の者なんかにはわからない身近さがあるらしい。

いや、それからだいぶたって、また鹿児島にいき、天文館のその飲屋をさがした。しかし、キャバレーの呼びこみをやってる街角をなんどもとおったりして、かなりうろついたが、わからない。このバス旅の北九州の小倉のところでも書いたが、世間ではいちばんかんじんなこととされている店の名前を、ぼくはおぼえようとしないんだから、どうしようもない。

このときも、あきらめて、なるべく、そういったのに近い飲屋にはいった。その店には三十歳なかばぐらいのおかみさんに、カウンターに作業服の客がいて、ぼくはすこしあいだをおいてカウンターにならんだ。もちろん、店のなかには自転車などはない。また、もうそのころでも、土間なんかのある飲屋はなかった。

ぼくは天文館にくる途中、町なかの野球場のそばをとおり、その生垣にちいさな花がいっぱい咲いていて、旅の感傷かもしれないが、やたらにうれしかった。それで、その花の名前を知らないか、とカウンターのなかの若いおかみさんにきいたら、カウンターにいた男が、「たぶん、ナントカいう名前の花だとおもう」とはなしかけてきた。そのものの言いかたが、たいへんに謙虚で、しかも親切で、こんなに謙虚なのは、もしかしたら学問的なのではあるまいか、とぼくはふしぎな気持がした。しかし、見たところ、昔なら菜っ葉服というような作業服を着た、建設現場にいるようなオジさんなのだ。

その客がかえったあとでわかったのだが、その人は大隅半島でロケットの打上げをやってる施設にきている東大教授だということだった。

それよりも、もっとおどろいたのは、「むかし、むかし、この天文館のこういう飲屋にきて……」と若いおかみさんに言ったところ、「それは、ここの店ですよ。この店にいたオジさんとオバさんは、わたしの父と母です。ふたりともなくなりました」とこたえたことだった。そして、オデンの鍋はなくなっていたが、まえからのこの店の自慢の沖縄料理のアシテビチをだしてくれた。

鹿児島はチンチン電車がはしってる。それに、観光バスをふつうのバスにしてるのがおおく、座席はりっぱだけど、出入口がひとつだけで、おりる人がおりたあとから、のる人がのってくる。

いつものことだけど、旅をするたびに、ぼくは発見をし、おどろいている。こんどのバス旅で発見したのは、鹿児島市は鹿児島湾（錦江湾）のいちばん奥にあるのではなく、その位置には、ぼくたちのバスの終点の国分があるみたいなのだ。

それともうひとつは、桜島を鹿児島とむかいあったちいさな島だとかってにおもいこんでいたが、鹿児島湾の北部をどかっとふさいでる大きな地域だってことだ。

鹿児島駅前から国分行の林田バスにのると、海ぞいの道をいき、そのむこうに桜島が見え、ほんとに気持がよかった。桜島は二合目ぐらいまでは、民家がちらほらあるが、それから上は岩がごつごつ。鹿児島市内からは、真夜中でもフェリーがでてるそうだ。

その桜島の島鼻をはなれ、海が急にひろびろとひらけたみたいにおもったが、それはぼくの錯覚だった。ただ、桜島が遠くなっただけだ。

海水浴場が、コドモのころをおもいだしてなつかしい。隼人温泉郷。海のなかに州がのびていて、それに熱帯樹がならんでいる。自衛隊国分駐屯地。国分はさっぱりした町だ。山の上に鹿児島女子大。天降川（あもりがわ）では、アユの稚魚を二トンも出荷したそうだ。それだけ、きれいな川だと自慢している。

あとがき　西へ西へとバスで

横浜駅は海ぎわのほうにも、地下に大きなバスターミナルがあるが、山手にも駅裏に広いバスターミナルがある。ここで、案内のオジさんに、「第二京浜国道のほうにいくバスがあったけど……」と言ったら、「そんなバスはないよ」と首をふった。そして、「そういうバスがあったのは、いつごろのこと？」ときくので、「十年まえか、十五年まえのことかなあ」とこたえたら、「そんな大昔のことは、わからない」とにがわらいしていた。

でも、ぼくにとっては、十年まえも十五年まえも、むかしむかしのことではない。げんに、うちをでて、バスにのり、そのバスものりかえて、横浜もすぎたあたりから、西へ西へ、バスでいこうかな、なんておもったのは、十五年はまえのことだった。二十年ぐらいになるかもしれない。

それが、やっと本州の西のはての、鹿児島にたどりつき、鹿児島湾のいちばん奥の国分にまでいったのは、ほんのなんか月もまえのことだ。

西へ西へのバス旅も、二十年もかかったのか、とぼくは、ため息をつくようなおもいだが、きいたひとは、けげんな顔をするか、わらいだしてしまう。バカなオジイが、アホなことをやっているとおもうのだろう。

小田原から海ぞいに熱海にきて、三島にでようとおもったら、もう、その日はバスがない。また、バスの本数がすくなくて、しかも、朝の通勤時間に集中してるようで、熱海から三島にバスでいくのはあきらめた。

そして、小田原から箱根をこえて、三島におりることにした。ぼくの旅は、バスでもなんでも、いきあたりばったりだ。バスにのるまえに、予定の時間をしらべるなんてことはない。でも、熱海までいっておきながら、小田原に引きかえしてくるなんてことは、その後はいつもあることだったけど、このときがはじめてだ。

箱根では芦ノ湖にたあいもなく感心し、また、なんとかいう古い神社の参道の、りっぱな杉並木には、へへえ、とおどろいた。

だが、なによりも、芦ノ湖畔のレストランにいて、夕暮がせまってくるのが、心ぼそく、ものがなしくて、これからまた三島にいくバスにのり、箱根の山をくだっていかなきゃいけないのに、とわびしい気持だった。旅の醍醐味は、こういった、心ぼそい気持だろう。そのときは、心配で、なさけないおもいなのだが……。三島の町にバスがはいったら、もうくらくなっていた。

静岡をすぎて、焼津、藤枝、そして島田泊り。そのときは（いまは知らない）島田からまっすぐ西にいくバスはなくて、はるか南にくだり、太平洋のなかにつきでた御前崎までいった。

そして、東海道線だと、たったひと駅むこうの金谷のほうに北上するバスを待って、ちいさな家の裏の、これも、なんだかなさけない野菜畑の畔にしゃがみこんでいた。

こんなときも、わびしい気持だが、そんなにうちひしがれた気持ではなかった。連れがいたからだ。その連れは日本橋からきて、三島駅でぼくを待っていて、芦ノ湖からくだってくるバスのなかで、だんだんくらくなるまわりの夕闇とともに、しずんでいったぼくの気持を、いっぺんにぱあっとあかるくした。夕闇はわびしいが、夜、電灯がつくと、また、にぎやかな夜がはじまるように……。

名古屋をすぎてから、岐阜、大垣でもあそび、彦根までいったところが、にっちもさっちもいかなくなった。それからさきは、ハイウエイをいくバスはあっても、路線バスはないのだ。せっかく、東京から、きれぎれの路線バスをのりついできたのに……。

大阪、京都から、逆に彦根を目ざしたこともある。そして、大垣あたりからは、なんど関ヶ原の町をバスでとおっただろう。しかし、どうしてもダメで、名古屋にひきかえし、三重県にはいり、坂はてるてるの鈴鹿峠をこえた。

一九九六年一月　田中小実昌

巻末エッセイ

今でもバスに乗るたびに

戌井昭人

バスに乗るときは、並んで待つのが面倒だったり、座れないと立って揺られるのが嫌だと思っていた。学生時代は毎日バスに乗っていたけれど、どうにも慣れなくて苦痛だったし、地方に行くと、バスの乗り継ぎが無駄な時間に思えて仕方がなかった。などなど、若い頃はバスに対する負の気持ちが大きかったけれど、二〇代の半ば、バスが好きだという田中小実昌さん（コミさん）の文章をどこかで読んで、ずいぶんおかしな人がいるもんだと思った。けれどもそれ以来、バスに乗るときは、あのおかしなおじさんがバスを好きだと言っているのは、いったいどういうことなのだろう？と毎回考えるようになり、いつの間にかバスに乗るのが嫌ではなくなっていた。ゆっくりと変化する車窓を楽しみ、その揺れを心地良いとさえ思うようになっていた。だからわたしは、今でもバスに乗るたびに、コミさんのことを少しだけ考えてしまう。でも、バスの中でコミさんの本は読まない。バスで本を読むと酔って気持ち悪くなるからです。

最初にコミさんを知ったのは、いつのことだったのか思い出せないけれど、子供の頃にテレビで見た、ハゲ頭にニット帽をかぶり、独特なことを喋る変なおじさんという印象が強いので、あきらかに作家としてではなかった。これは、殿山泰司さんと混同しているところもあるのかもしれない。本書にも、コミさんとタイちゃんの二人が海で泳いでいて、ハゲ頭二つが海に浮かんでいて笑われたというエピソードが出てくるので、子供心に、二人はなんだか似ていると思っていたのだろう。

あの変なおじさんが作家だというのを知ったのは、それからずいぶん経ってからのことだったが、作家だと知ると、どうにもこうにも気になって、コミさんの本や文章を読むようになった。すると子供の頃よりも、「なんなんだこの人は！」という思いが強くなり、いつの間にか、その変テコさに中毒するようになっていた。

今回、あらためて、バス好きの変なおじさんの文章を読みながら、コミさんの本を読みはじめた頃を思い出していたが、以前は、ただバスに揺られることを楽しんでいるおじさんだと思っていたけれど、それだけではないという印象が強くなった。コミさんは過去を振り返りながら、バスの中で、哲学みたいなことをやっているのだ。もちろん真面目な感じはこれっぽっちも無いし、与太話みたいなものが多いが、そのようなエピソードから、人間の真髄をビシッとついてくる。小説の方には、そのような印象があったけれど、バスのエッセイでも、ビシビシと真髄をついてくる。ここがコミさんの恐ろしさでもある。

コミさんの過去の記憶や土地をめぐる思い出など、その経験量には驚いてしまうばかりだ。それらがバスに乗ると溢れ出てくるので、たんなる紀行文の枠を超えていて、文章もあっちこっちに飛んでいき、読んでいると、バス旅の本だということをたまに忘れてしまう。だが、それらのエピソードがどれも面白く、とぼけたエピソードだと思って読んでいると、まったく違う方向に飛んでいくので、ハッとさせられることがある。バスに乗っているときに東神奈川あたりで思い出すエピソードは強烈だ。戦後、米軍専用の波止場が近くにあって、そこで働いていたコミさんがよく通っていた飲み屋が東神奈川のマーケットにあった。その店の娘が、あるとき口紅をつけて奥の部屋に入っていった。しばらくして奥から出てくると、口紅がめちゃくちゃになっていて、目に涙を溜めている。さらに、その後から黒人の兵隊がでてきた。のんびりバスに乗っていたコミさんから、突然、このような話が出てくるので驚いてしまう。けれどもコミさんは、その後に、「かなしいはなしをするつもりはない」と言い、さらに自分が書いた口紅が「めちゃくちゃ」という言葉について、めちゃくちゃでは、どうもいけないと考えはじめる。「英語だと、smearという言葉があって、塗ってあるものを、なにかにこすって、ぐちゃぐちゃに汚すときにつかい、こういう場合にも、だいたいぴったりなのだが……」と、エピソードを打ち消すかのように違う話をするのだが、「かなしいはなしをするつもりはない」と書いている裏には、どうしようもないやるせなさがにじみ出ている。またコミさんは、その悲哀を書くような野暮なことはせず、われわれに強烈な余韻を残す。実はそこに、とんでもないキレがあるのだ。

このように本書には、コミさんが、過去に出会った人々が多く登場するが、それだけではない。バス旅の最中も変テコな出会いがたくさんある。コミさんは、その日の目的地に着くと、酒を飲むため町をぶらつくが、あえて寂れたような店を探して、入店するので、出会う人も強烈だ。さらに小田原の酒場で出会った女性とは、いつの間にか一緒に旅をしているありさまで、彼女のことを、最初は女と表記しているのだが、そのうち明子という名前で表記していて、この瞬間がなんとも色っぽい。この章の終わり方が、とんでもなく印象的だ。その女、明子とは、掛川まで行って、ふたりで飲み歩き、カラオケを唄ったりする。それまではラブホテルなどに泊まっていたが、その日は、コミさん曰く、「ちゃんとしたホテル」に泊まる。そしてコミさんが昼におきると、女がお風呂に入っている。その姿を見て、「裸身はお湯の水を透して見えるためか、しずかながら、花が咲きほころびたようにしろく、浴室にはあかるい陽ざしもはいりこんで、ぼくは、つい、息をつめたようになった」（右手に富士　左手に海を）、これで終わってしまうのだ。読者は、「え？　旅はどうなった？」と思ってしまうが、文章からわきたつ女の入浴姿に、コミさんと一緒に、息をつめている。「なんなんだこれ？」、わたしはコミさんの描き出す場面に完全にやられてしまっている。

そもそも家を出て路線バスを乗り継ぎ、東海道を行こうなんて酔狂極まりないし、バス好きにも程があるのだが、そんな旅も、女の風呂場で終わってしまうので、まるで放り出されたような気分になってしまう。だが、それが心地よい。まるで若い頃に熱中していたアメリカンニューシネマみたいな終わり方だ。わたしは余韻からしばらく抜け出せずにいた。

それから九年後、旅を再開したコミさんは、ようやくバスで京都に辿り着く。これによって、東海道中バス栗毛は完結するのだが、コミさんという人は、一般の人が回避しそうなことでも、のほほんと突っ込んでいくので、実は計り知れないしぶとさがあるようだ。さらに、いつでも空気みたいに漂っているから、コミさんを前にした人間は、防御していたガードを簡単に下ろしてしまう。一方でコミさんは、酔眼ながら、ガードを下ろした相手をしっかり観察していて、そこに作家としての凄みがある。

だが、作家であることやバスの中で哲学していることをのぞけば、本当に、ただふらふらしているだけにも見える。各地で飲み歩き、女性と出会い、一緒に旅をするなんて、男にとっては大きな憧れでもある。わたしも一人旅でうろうろしていたときは、常にそのような願望を抱いていたけれど、願望だけで終わっていた。やはり、このような出会いができるのは、相手にガードを下げさせるコミさんの人間性と、底知れぬしぶとさがあるからなのだろう。

バス旅ができるのは、「暇だから」とうそぶくコミさんではあるが、頭の中は、独特な速度で、わたしたちの理解できない回転をしている。バスからの車窓を眺めながら、過去を思っているだけではなく、現在にも思いを馳せていて、それが宇宙にもつながっている。「この宇宙で、なにひとつ、ずっとおなじものはあるまい。富士山でも、箱根でも、この仙石原でも、また東京の都心の高層ビルでも、きれ目なく変わっていっている。そして、富士山も高層ビルも、机の上の辞書も、宇宙の一部というより、それが宇宙なのだ」（行こか戻ろか　箱根のお山）と本書にはあり、バスの窓から宇宙まで通じてしまっているのだ。良いも悪いも、地球がまわっていれば、なにもかもが変化していくわけで、その変化を単純に憂いたりするわけでもなく、受け入れていく。コミさんがバスの窓から見ていた世界は、逃れようの無い因果であり、宇宙や地球が変わっていくことだったのかもしれない。

またバスを待っている時間に関しても、「鄙びたバスの待合室で、鄙びた時間がながれていく。あきらかに大都会の時間とはちがう。……異質なぬるま湯の中に身をひたしているような気持ちでいるぼくは、東京からきた男だ」（二十年かけて着いた南の町）とある。自分もバスを待っているとき、このような経験をしたことがある。外国でひとり旅の最中に、バスを待っていたとき、ベンチに座って、地面に置いたバッグに足を乗せ、ボロボロになった靴を眺めていたら、「ずいぶん、遠くにきたな」と感じ、まるで自分が、うだつのあがらぬ男が主人公の映画の中に入り込んでいるような気持ちになっていた。ようするに、ひとりでロードムービーの主人公気取りになっていた。「ぬるま湯の中に身をひたしているような気持ちでいるぼくは、東京からきた男だ」と、どこか客観視しているコミさんも、バスの旅をしながら、もしかしたら映画の主人公のような気分になっていたのかもしれない。侘しいけれど、異質なぬるま湯は心地良いものだ。

東海道のバス旅が終わってから二〇年後、コミさんはふたたびバスに乗って、ずんずん進み、最後は鹿児島まで行ってしまう。いったいコミさんは、何を求めてバスに乗り続けたのだろう？　などと思えてくるけれど、そんな野暮なことを考えるのは止めよう。あの方は、ただ単にバスが好きな、おかしなおじさんだったのだ。

現在、路線バスで旅をするテレビ番組がたくさんあるが、そのようなものを見るたびに、路線バスの旅のハシリはコミさんだったのだと思えてくる。そしてコミさんと蛭子能収さんが、バスで旅をしているのを想像してみたりする。二人が一緒に旅をしたら、めちゃくちゃで、面白かっただろうと思えてくるのはわたしだけだろうか？　子供の頃に見た、あの変なおじさんが、バスで旅をする姿をテレビでも見たかったが、本書にも、じゅうぶん、変テコでおかしいコミさんがいるから、これで満足することにしよう。

（いぬい・あきと　作家）

初出一覧

十年越しの東京湾ぐるり旅……………『旅』一九八七年九月号
酒匂　小田原遠からず…………『小説現代』一九八〇年十月号
行こか戻ろか　箱根のお山……『小説現代』一九八一年六月号
右手に富士　左手に海を………『小説現代』一九八二年一月号
京都三条は終着点　出発点……………『旅』一九八九年五月号
海の幸を供に山陽路をいく……………『旅』一九九二年六月号
ふるさとの山はかわってた……………『旅』一九九五年三月号
おもいでの海に抱かれて………………『旅』一九九五年六月号
海峡の橋をわたって……………………『旅』一九九五年七月号
二十年かけて着いた南の町……………『旅』一九九五年八月号

編集付記

一、本書は『コミさんほのぼの路線バスの旅』（一九九六年五月、ＪＴＢ日本交通公社出版事業局刊）を底本とし、文庫化したものである。文庫化にあたり改題した。

一、底本中、明らかな誤植と考えられる箇所は訂正した。ただし、本文中の運賃、地名などは刊行当時のままである。

一、本文中、今日の人権意識に照らして不適切な語句や表現が見受けられるが、著者が故人であること、執筆当時の時代背景と作品の文化的価値を考慮して、底本のままとした。

中公文庫

ほのぼの路線バスの旅

2020年4月25日　初版発行
2020年9月30日　再版発行

著　者　田中小実昌

発行者　松田陽三

発行所　中央公論新社
〒100-8152　東京都千代田区大手町1-7-1
電話　販売　03-5299-1730　編集　03-5299-1890
URL http://www.chuko.co.jp/

ＤＴＰ　嵐下英治
印　刷　三晃印刷
製　本　小泉製本

Published by CHUOKORON-SHINSHA, INC.
Printed in Japan　ISBN978-4-12-206870-4 C1195

各書目の下段の数字はISBNコードです。978－4－12が省略してあります。

中公文庫既刊より

う-9-4　御馳走帖　内田百閒（ひゃっけん）

朝はミルク、昼はもり蕎麦、夜は山海の珍味に舌鼓をうつ百閒先生の、窮乏時代から知友との会食まで食味の楽しみを綴った名随筆。〈解説〉平山三郎

202693-3

う-9-5　ノラや　内田百閒

ある日行方知れずになった野良猫の子ノラと居つきながらも病死したクルツ。二匹の愛猫にまつわる愛情と機知とに満ちた連作14篇。〈解説〉平山三郎

202784-8

う-9-6　一病息災　内田百閒

持病の発作に恐々としつつも医者の目を盗み麦酒をがぶがぶ……。ご存知百閒先生が、己の病、身体、健康について飄々と綴った随筆を集成したアンソロジー。

204220-9

う-9-10　阿呆の鳥飼　内田百閒

鶯の鳴き方が悪いと気に病み、漱石山房に文鳥を連れて行く……。『ノラや』の著者が小動物たちとの暮らしを綴る掌篇集。〈解説〉角田光代

206258-0

う-9-11　大貧帳　内田百閒

お金はなくても腹の底はいつも福福である——質屋、借金、原稿料……飄然としたなかに笑いが滲みでる。百鬼園先生独特の諧謔に彩られた貧乏美学エッセイ。

206469-0

う-9-7　東京焼盡（しょうじん）　内田百閒

空襲に明け暮れる太平洋戦争末期の日々を、文学の目と現実の目をないまぜつつ綴る日録。詩精神あふれる稀有の東京空襲体験記。

204340-4

う-9-12　百鬼園戦後日記Ⅰ　内田百閒

『東京焼盡』の翌日、昭和二十年八月二十二日から二十一年十二月三十一日までを収録。掘立て小屋の暮しを飄然と綴る。〈巻末エッセイ〉谷中安規（全三巻）

206677-9

う-9-13 **百鬼園戦後日記Ⅱ** 内田百閒

念願の新居完成。焼き出されて以来、三年にわたる小屋暮しは終わる。昭和二十二年一月一日から二十三年五月三十一日までを収録。〈巻末エッセイ〉高原四郎

206691-5

う-9-14 **百鬼園戦後日記Ⅲ** 内田百閒

自宅へ客を招き九晩かけて還暦を祝う。昭和二十三年六月一日から二十四年十二月三十一日まで。索引付。〈巻末エッセイ〉平山三郎・中村武志〈解説〉佐伯泰英

206704-2

ひ-37-1 **実歴阿房列車先生** 平山三郎

阿房列車の同行者〈ヒマラヤ山系〉にして国鉄職員だった著者が内田百閒の旅と日常を綴った好エッセイ。人物像を伝えるエピソード満載。〈解説〉酒井順子

206639-7

ひ-37-2 **百鬼園先生雑記帳** 附・百閒書簡註解 平山三郎

「百閒先生日暦」「『冥途』の周辺」ほか阿房列車でお馴染み〈ヒマラヤ山系〉による随筆と秘蔵書簡への詳細な註解。百鬼園文学の副読本。〈解説〉田村隆一

206843-8

お-2-13 **レイテ戦記（一）** 大岡昇平

太平洋戦争の天王山・レイテ島での死闘を再現した戦記文学の金字塔。巻末に講演「『レイテ戦記』の意図」を付す。毎日芸術賞受賞。〈解説〉大江健三郎

206576-5

お-2-14 **レイテ戦記（二）** 大岡昇平

リモン峠で戦った第一師団の歩兵は、日本の歴史自身と戦っていたのである――インタビュー「『レイテ戦記』を語る」を収録。〈解説〉加賀乙彦

206580-2

お-2-15 **レイテ戦記（三）** 大岡昇平

マッカーサー大将がレイテ戦終結を宣言後も、徹底抗戦を続ける日本軍。大西巨人との対談「戦争・文学・人間」を巻末に新収録。〈解説〉菅野昭正

206595-6

お-2-16 **レイテ戦記（四）** 大岡昇平

太平洋戦争最悪の戦場を鎮魂の祈りを込め描く著者渾身の巨篇。巻末に「連載後記」、エッセイ「『レイテ戦記』を直す」を新たに付す。〈解説〉加藤陽子

206610-6

各書目の下段の数字はISBNコードです。978－4－12が省略してあります。

お-2-12
大岡昇平 歴史小説集成　大岡昇平
「挙兵」「吉村虎太郎」など長篇『天誅組』に連なる作品群ほか、「高杉晋作」「竜馬殺し」「将門記」など戦争小説としての歴史小説全10編。〈解説〉川村　湊
206352-5

お-2-17
小林秀雄　大岡昇平
親交五十五年、評論から追悼文まで「人生の教師」であった批評家の詩と真実を綴った全文集。巻末に小林との対談収録。文庫オリジナル。〈解説〉山城むつみ
206656-4

お-2-18
成城だより 付・作家の日記　大岡昇平
文学、映画、漫画……闊達に綴った日記文学。一九七九年十一月から八〇年十月まで。「作家の日記」を併録。全三巻。〈巻末付録〉小林信彦・三島由紀夫
206765-3

お-2-19
成城だよりⅡ　大岡昇平
六十五年を読書にすごせし、わが一生、本の終焉と共に終らんとす――。大いに読み、書く日々。一九八二年一月から十二月まで。〈巻末エッセイ〉保坂和志
206777-6

お-2-20
成城だよりⅢ　大岡昇平
とにかくひどい戦後四十年目だった――。防衛費一％枠撤廃、靖国参拝……戦後派作家の慷慨。一九八五年一月から十二月まで。全巻完結。〈解説〉金井美恵子
206788-2

よ-5-8
汽車旅の酒　吉田健一
旅をこよなく愛する文士が美酒と美食を求めて、金沢へ、そして各地へ。ユーモアに満ち、ダンディズムが光る汽車旅エッセイを初集成。〈解説〉長谷川郁夫
206080-7

よ-5-11
酒 談 義　吉田健一
少しばかり飲むというの程つまらないことはない――。飲み方から各種酒の味、思い出の酒場まで、ユーモラスに綴る究極の酒エッセイ集。文庫オリジナル。
206397-6

よ-5-10
舌鼓ところどころ／私の食物誌　吉田健一
グルマン吉田健一の名を広く知らしめた「舌鼓ところどころ」、全国各地の旨いものを紹介する「私の食物誌」。著者の二大食味随筆を一冊にした待望の決定版。
206409-6

よ-5-12
父のこと
吉田健一
ワンマン宰相はワンマン親爺だったのか。長男である著者の吉田茂に関する全エッセイと父子対談「大磯清談」を併せた待望の一冊。吉田茂没後50年記念出版。
206453-9

よ-5-9
わが人生処方
吉田健一
独特の人生観を綴った洒脱な文章から名篇「余生の文学」まで。大人の風格漂う人生と読書をめぐる随想集。吉田暁子・松浦寿輝対談を併録。文庫オリジナル。
206421-8

や-1-2
安岡章太郎 戦争小説集成
安岡章太郎
軍隊生活の滑稽と悲惨を巧みに描いた長篇「遁走」ほか、短篇五編を含む文庫オリジナル作品集。巻末に開高健との対談「戦争文学と暴力をめぐって」を併録。
206596-3

や-1-3
とちりの虫
安岡章太郎
ユーモラスな自伝的回想、作家仲間とのやりとり、鋭く笑える社会観察など、著者の魅力を凝縮した随筆集。阿川弘之と遠藤周作のエッセイも収録。〈解説〉中島京子
206619-9

や-1-4
私の濹東綺譚 増補新版
安岡章太郎
名作の舞台と戦争へと向かう時代を合わせて読み解く、昭和の迷宮への招待状。評論「水の流れ」を増補し、荷風『濹東綺譚』を全編収載。〈解説〉高橋昌男
206802-5

や-1-5
利根川・隅田川
安岡章太郎
流れに魅せられた著者が踏査したユニークな利根川紀行と、空襲前の東京の面影をとどめていた隅田川の思い出を綴った好エッセイ。〈巻末エッセイ〉平野　謙
206825-4

ふ-22-4
編集者冥利の生活
古山高麗雄
安岡章太郎「悪い仲間」のモデル、『季刊藝術』の同人として知られた芥川賞作家の自伝的エッセイ&交友録。表題作ほか初収録作品多数。〈解説〉荻原魚雷
206630-4

え-3-2
戦後と私・神話の克服
江藤淳
癒えることのない敗戦による喪失感を綴った表題作ほか「小林秀雄と私」など一連の「私」随想と代表的な文学論を収めるオリジナル作品集。〈解説〉平山周吉
206732-5

各書目の下段の数字はISBNコードです。978－4－12が省略してあります。

い-38-5
七つの街道
井伏鱒二
篠山街道、久慈街道……。古き時代の面影を残す街道を歩いて、史実や文献を辿りつつ、その今昔を風趣豊かに描いた紀行文集。〈巻末エッセイ〉三浦哲郎
206648-9

た-43-2
詩人の旅 増補新版
田村隆一
荒地の詩人はウイスキーを道連れに各地に旅立った。北海道から沖縄まで十二の紀行と「ぼくのひとり旅論」を収める〈ニホン酔夢行〉。〈解説〉長谷川郁夫
206790-5

あ-13-7
乗りもの紳士録
阿川弘之
鉄道・自動車・飛行機・船。乗りもの博愛主義の著者が、車内で船上で、作家たちとの楽しい旅のエピソードを、ユーモアたっぷりに綴る。〈解説〉関川夏央
206396-9

ふ-2-5
みちのくの人形たち
深沢七郎
お産が近づくと屏風を借りにくる村人たち、両腕のない仏さまと人形――奇習と宿業の中に生の暗闇を描いた表題作をはじめ七篇を収録。〈解説〉荒川洋治
205644-2

ふ-2-6
庶民烈伝
深沢七郎
周囲を気遣って本音は言わずにいる老婆（「おくま嘘歌」）、美しくも滑稽な四姉妹（「お燈明の姉妹」）ほか、烈しくも哀愁漂う庶民を描いた連作短篇集。〈解説〉蜂飼耳
205745-6

ふ-2-7
楢山節考／東北の神武たち 深沢七郎初期短篇集
深沢七郎
「楢山節考」をはじめとする初期短篇のほか、伊藤整・武田泰淳・三島由紀夫による選評などを収録。文壇に衝撃をもって迎えられた当時の様子を再現する。〈解説〉小山田浩子
206010-4

ふ-2-8
言わなければよかったのに日記
深沢七郎
小説「楢山節考」でデビューした著者が、武田泰淳、正宗白鳥ら畏敬する作家との交流を綴る文壇日記。巻末に武田百合子との対談を付す。〈解説〉尾辻克彦
206443-0

ふ-2-9
書かなければよかったのに日記
深沢七郎
ロングセラー『言わなければよかったのに日記』の姉妹編（『流浪の手記』改題）。飄々とした独特の味わいとユーモアがにじむエッセイ集。〈解説〉戌井昭人
206674-8